FÉLICITÉ CONJUGALE

UNE ROMANCE PARANORMALE

UNIVERSITÉ DU PÔLE NORD
TOME SIX

MARIE-HELENE LEBEAULT

PROLOGUE : LA DEMANDE

CONNOR

Dans ma poche, la météorite était comme une étoile gelée.

Je la portais sur moi depuis trois semaines, depuis la nuit qui a suivi notre vol record, où Magnus m'avait pris à part dans les Sacred Grounds et avait pressé le morceau brut de métal spatial dans ma paume. « Pour quand tu seras prêt », avait-il dit, la lueur des aurores boréales se reflétant dans son regard entendu. « Nix m'a aidé à l'enchanter. Le métal se souvient d'avoir traversé les mondes. Ça semblait approprié. »

À présent, debout devant le Crystal Dining Hall, alors que le chaos de la remise des diplômes tourbillonnait autour de nous et que la main de Kayla était chaude dans la mienne, la bague que j'avais forgée à partir de cette météorite me brûlait la cuisse, telle une promesse que j'avais enfin le courage de tenir.

— Connor ? Kayla me serra les doigts, ses yeux verts sondant mon visage. Tu es bien silencieux depuis la fin de la cérémonie. Est-ce que ça va ?

Autour de nous, des groupes de jeunes diplômés défilaient, des farfadets se lançaient dans des acrobaties aériennes, des elfes faisaient apparaître des fontaines de champagne et des métamorphes rennes se précipitaient vers les Sacred Grounds pour la traditionnelle course de cohésion post-cérémonie. Tout le campus vibrait de célébrations et d'adieux doux-amers, mais je ne pouvais me concentrer que sur la femme à mes côtés et sur la demande qui me restait en travers de la gorge.

— Je vais parfaitement bien, ai-je réussi à dire. Je réfléchis, c'est tout.

— C'est une habitude dangereuse. Elle me donna un petit coup d'épaule, taquine, mais je décelai une lueur d'inquiétude dans son expression. Nous avions traversé trop de choses cette année — la réputation brisée de ma famille, ses brutales épreuves de Gardienne du Serment, la surveillance du Conseil, le besoin de prouver que les liens entre humains et métamorphes pouvaient fonctionner — pour qu'elle ne remarque pas que je lui cachais quelque chose.

Il fallait que je fasse ça bien. Il fallait que ce moment soit à la hauteur de ce qu'elle représentait pour moi.

— Viens te promener avec moi ? Je l'ai entraînée loin de l'entrée du réfectoire, vers le sentier qui serpentait à travers les Frosted Gardens. Il y a quelque chose que je veux te montrer.

— Me montrer, ou me dire ? Elle se mit à marcher à mes côtés, sa toge de diplômée bruissant contre le sol enneigé. Parce que tu es en train de faire ce truc où tu deviens tout intense et ténébreux, et honnêtement, Prancer, après l'année qu'on a eue...

— Fais-moi confiance. Je portai sa main à mes lèvres et lui embrassai les phalanges. S'il te plaît ?

Son expression s'adoucit. — Toujours.

Les Frosted Gardens étaient plus calmes, la plupart des

étudiants ayant migré vers les célébrations plus bruyantes près des dortoirs ou des Sacred Grounds. Des sculptures de glace, créées par les élèves du cours de Cryomancie avancée de cette année, bordaient les allées, dépeignant des scènes de l'histoire de la North Pole University. Nous sommes passés devant une représentation du premier attelage de traîneau, une autre du Père Noël signant les Accords des Créatures, et une troisième montrant la fondation du programme des Gardiens du Serment.

J'ai mené Kayla au cœur des jardins, où un conifère centenaire s'étirait vers le ciel au crépuscule perpétuel, ses branches chargées de glaçons enchantés qui tintaient doucement dans la brise arctique. L'aurore boréale dansait au-dessus de nos têtes, des rubans verts et dorés tissant des motifs qui semblaient pulser au même rythme que mon cœur emballé.

— Cet arbre, ai-je dit en m'arrêtant sous sa canopée, a été planté l'année de l'ouverture de l'université. Il y a cinq cents ans.

Kayla pencha la tête en arrière, étudiant les branches scintillantes. — Il est magnifique.

— Chaque directeur y a ajouté un enchantement. Des sorts de protection, principalement. De la magie de préservation. Je me suis tourné pour lui faire face, capturant ses deux mains dans les miennes. Mais aussi des bénédictions. Pour les étudiants qui se rassemblent ici. Pour les promesses faites à son ombre.

La compréhension illumina son visage. Elle retint son souffle. — Connor...

— Laisse-moi parler. Ma voix sortit plus rauque que prévu. Avant que je ne perde mon courage.

Elle hocha la tête, serrant mes mains si fort que je sentis son pouls marteler contre mes paumes.

— Il y a quatre ans, ai-je commencé, j'ai débarqué sur ce campus convaincu de savoir exactement qui j'étais censé être.

L'héritier de Prancer. Futur renne de tête. Défenseur d'un héritage. J'ai eu un petit rire. Il s'avère que je ne savais rien du tout.

— Tu savais être insupportable, a suggéré Kayla, les lèvres esquissant un sourire malgré les larmes qui montaient à ses yeux. Ça, tu le maîtrisais à la perfection.

— C'est vrai. J'ai caressé sa pommette du pouce, attrapant une larme vagabonde avant qu'elle ne puisse tomber. Et toi, tu savais comment me le faire remarquer. Dès ce premier jour en introduction à la dynamique de traîneau, quand tu as corrigé ma posture et que j'avais envie d'être furieux, mais qu'en fait, je voulais surtout tout savoir sur cette humaine qui n'avait pas peur d'un métamorphe deux fois plus grand qu'elle.

— Tu n'étais pas si intimidant. Sa voix vacilla. Tes bois étaient encore un peu de travers à cause de la mue d'été.

— Ils étaient robustes, ai-je protesté. Ça forge le caractère.

Elle a ri, le son perçant à travers ses larmes. — Bien sûr. On va dire ça.

— Kayla. Mon amour. J'ai serré ses mains pour nous ancrer tous les deux. Laisse-moi finir avant qu'on ne s'effondre.

Elle se mordit la lèvre et hocha de nouveau la tête.

— Tu m'as appris que l'héritage n'est pas une question de sang ou de réputation. C'est une question de choix. J'ai lâché une de ses mains pour fouiller dans ma poche, mes doigts se refermant sur la bague. Tu m'as montré que la force, c'est de construire des ponts, pas des murs. Que t'aimer, être aimé par toi, ne fait pas de moi un moins bon métamorphe. Ça fait de moi davantage celui que je suis censé être.

L'aurore boréale s'embrasa au-dessus de nous, comme si le pôle Nord lui-même retenait son souffle.

— On leur a prouvé à tous qu'ils avaient tort, ai-je continué. Chaque doute, chaque murmure disant que les humains et les métamorphes ne pouvaient pas vraiment se lier, que la magie ne tiendrait pas, que nous étions trop différents, on a tout fait voler en éclats. Ensemble.

— Ensemble, a répété Kayla en écho, sa main libre se posant sur son cœur, là où je savais qu'elle pouvait sentir la chaleur fantôme de notre connexion, même sans un sceau de lien formel.

Je me suis agenouillé.

Son inspiration brusque déchira l'air nocturne. Derrière nous, j'ai entendu des pas s'interrompre sur le sentier du jardin, d'autres étudiants qui remarquaient la scène et s'arrêtaient pour regarder, mais j'ai gardé mon attention rivée sur le visage de Kayla.

J'aurais aimé que papa puisse voir ça. Mais peut-être que, d'une manière ou d'une autre, c'était le cas.

— Je ne suis pas doué pour les discours, ai-je dit en sortant la bague et en la tenant entre nous. La lumière des étoiles se refléta sur le métal de la météorite, le faisant briller comme une aurore capturée. Juste cette vérité : tu es mon foyer, Kayla Matthews. Ma partenaire. La personne que je veux à mes côtés pour chaque vol, chaque défi, chaque rêve impossible que nous déciderons de poursuivre. Tu me rends plus courageux. Meilleur. Tu me fais croire en une magie que je ne peux pas voir, mais que je ressens chaque fois que tu me regardes comme si j'avais décroché la lune.

Un rire lui échappa, mi-sanglot, mi-joie. — Tu ne l'as pas décrochée. Ce n'est pas scientifiquement...

— Kayla. Je lui ai souri. Veux-tu m'épouser ? Me laisseras-tu passer le reste de ma vie à te prouver que te choisir a été la décision la plus facile et la meilleure que j'aie jamais prise ?

L'espace d'un battement de cœur, le monde retint son souffle.

Puis elle m'a tiré sur mes pieds, ses mains encadrant mon visage, son « oui » jaillissant entre des baisers pressés sur mes lèvres, mes joues, le coin de ma mâchoire.

— Oui, a-t-elle haleté. Oui, espèce d'impossible renne. Oui, toujours oui.

Mes mains tremblaient tandis que je lui glissais la bague au doigt. L'anneau de météorite lui allait parfaitement — évidemment, j'avais mesuré son doigt pendant qu'elle dormait, subtilisant le fil avant qu'elle ne se réveille — et au moment où le métal toucha sa peau, il pulsa d'une douce lumière dorée, puis s'adoucit, la lueur diminuant jusqu'à miroiter faiblement sous sa peau, comme une promesse gravée dans l'or.

— Elle est chaude, souffla Kayla, fixant la bague luisante.

— Magnus et Nix l'ont enchantée. Le métal a traversé les mondes avant d'atteindre la Terre, tout comme nous jetons un pont entre deux mondes. J'ai entrelacé mes doigts avec les siens, regardant le faible scintillement jouer sous la surface. Elle te ramènera toujours à la maison. À moi.

— Je suis déjà à la maison, a-t-elle murmuré avant de m'embrasser à nouveau.

Des applaudissements éclatèrent autour de nous.

J'avais oublié la foule qui s'était rassemblée, les autres diplômés qui nous avaient suivis dans les jardins, attirés par la magie qui semblait flotter dans l'air. Mais quand j'ai levé les yeux, ma gorge s'est serrée.

Magnus et Nix se tenaient au premier rang, le bras de Magnus sur l'épaule de Nix, tous deux souriant jusqu'aux oreilles. Rowan et Ivy étaient là aussi, Ivy pleurant de vraies larmes de joie tandis que Rowan essayait, sans succès, de garder son sang-froid. Elian tenait Fiona contre lui, tous deux rayonnant d'approbation.

Mais c'est Oliver, debout un peu à l'écart, les bras croisés et un sourire rare et sincère adoucissant ses traits habituellement sévères, qui m'a fait un signe de tête qui ressemblait à de la fierté.

— Il était temps, Prancer, lança Sally de quelque part dans la foule. On commençait à croire que tu avais perdu ton courage.

— Jamais, ai-je répondu en serrant Kayla plus près de moi. J'attendais juste le moment parfait.

— Sous l'Arbre des Bénédictions le jour de la remise des diplômes ? La voix de Nix porta clairement malgré le bruit grandissant. Je dirais que tu as visé juste.

L'aurore au-dessus de nous s'embrasa soudain d'un vert et or éclatants, plus brillants que je ne l'avais jamais vue, si bien que plusieurs étudiants sursautèrent et la pointèrent du doigt. Des filaments de lumière descendirent du ciel en spirale, s'enroulant autour des branches du conifère centenaire, autour de Kayla et moi, jusqu'à ce que nous nous tenions dans une colonne de pure magie nordique, ancienne, consciente, approbatrice.

— Le pôle Nord approuve, dit Oliver d'un ton sec, bien que ses yeux brillaient d'émotion. Apparemment avec enthousiasme.

Kayla rit contre ma poitrine, ses bras enroulés fermement autour de ma taille. — Est-ce que ça fait toujours ça ?

— Seulement pour les liens que la terre reconnaît comme authentiques, répondit Magnus. Lui et Nix se rapprochèrent, et Nix tendit la main pour admirer la bague de Kayla. Félicitations à vous deux. Même si je dois dire, Connor, que j'espérais que tu réussirais à la surprendre. Kayla, tu te doutais de quelque chose ?

— Pas le moins du monde, admit Kayla, levant la main pour que la météorite puisse capter la lumière de l'aurore. Je pensais juste qu'il était bizarre à cause de la fin de la cérémonie.

— J'étais romantique, ai-je protesté.

— Tu étais bizarre, a-t-elle répliqué, mais la joie dans sa voix montrait clairement qu'elle s'en fichait.

D'autres amis se pressèrent, nous offrant félicitations et accolades, et des discussions animées sur les préparatifs de mariage que nous n'avions même pas commencé à envisager. Quelqu'un fit apparaître des coupes de champagne, mais Sally en fit apparemment apparaître trop, car soudain, Elian se retrouva à jongler avec trois flûtes en essayant de ne pas en renverser sur la robe de Fiona. Ivy commença immédiatement à parler de lieux de réception, et Crystal, qui avait surgi de la foule, suggérait déjà d'organiser une cérémonie à Londres et une autre ici.

— Deux mariages ? Les yeux de Kayla s'écarquillèrent.

— Un pour ta famille, dit Crystal d'un ton pratique. Un pour la nôtre. C'est logique, non ?

Kayla me regarda, et je pouvais voir les rouages s'activer dans son esprit, déjà en train de planifier, de construire des ponts entre ses deux mondes.

— On trouvera une solution, lui ai-je promis à voix basse.

Pendant tout ce temps, j'ai gardé Kayla ancrée à mes côtés, sa main dans la mienne, sa bague brillant comme une promesse devenue solide.

Finalement, la foule commença à se disperser, d'autres célébrations les appelant, la nuit étant encore jeune malgré l'heure tardive. Magnus me prit à part un bref instant pendant que Nix distrayait Kayla en parlant de shopping pour la robe.

— Tu as bien fait, gamin, dit Magnus doucement. Ton père serait fier.

La mention de papa propagea une chaleur dans ma poitrine au lieu de la vieille douleur familière. Il était parti depuis cinq ans maintenant, il n'avait pas vécu pour me voir restaurer le nom des Prancer ou trouver l'amour de ma vie. Mais d'une manière ou d'une autre, debout ici avec Magnus, qui avait été plus un mentor et une figure paternelle que je ne l'aurais mérité, le deuil semblait plus doux. Comme si papa avait vraiment été témoin de ce moment, d'une façon ou d'une autre.

— Merci, ai-je réussi à dire. Pour tout. La bague, l'enchantement, le soutien...

— C'est à ça que sert la meute. Magnus me serra l'épaule.

Mais c'est maintenant que le vrai travail commence. La demande, c'était la partie facile.

Je jetai un coup d'œil à Kayla, la regardant rire de quelque chose qu'Ivy avait dit, tout son visage illuminé de bonheur. L'aurore dansait toujours au-dessus de nous, plus douce maintenant mais constante, comme si la terre elle-même montait la garde.

— Construire une vie ensemble, ai-je murmuré, faisant écho à la pensée qui tournait dans mon esprit depuis que j'avais décidé de la demander en mariage. Oui. C'est ça, la vraie magie.

Magnus sourit. — Un homme intelligent. Tu apprends.

Alors que la nuit s'approfondissait et que les célébrations commençaient enfin à se calmer, je me suis retrouvé de nouveau seul avec Kayla, marchant lentement vers les résidences universitaires. Sa tête reposait sur mon épaule, mon bras enroulé autour de sa taille, et le silence confortable entre nous ressemblait à sa propre sorte de promesse.

— Alors, dit-elle finalement, sa voix somnolente mais contente. Ça fait combien de temps que tu préparais ça ?

— Depuis les épreuves de vol, ai-je admis. Peut-être même avant. Difficile de dire exactement quand je l'ai su.

— Su quoi ?

— Que je voulais l'éternité avec toi. Je lui ai déposé un baiser sur la tempe. Que rien de moins ne serait suffisant.

Elle s'arrêta de marcher, se tournant pour me faire face. Sous la douce lueur de l'aurore, elle avait l'air éthérée, mon humaine qui avait conquis une université impossible, qui avait gagné le respect de créatures dix fois plus âgées qu'elle, qui m'avait aimé malgré toutes les raisons de ne pas le faire.

— L'éternité, ça semble parfait, a-t-elle chuchoté en tendant la main pour me caresser la joue. Commençons à la construire demain.

— Demain, ai-je accepté.

Mais d'abord, j'ai embrassé ma fiancée sous le ciel du pôle Nord, goûtant son sourire, ses larmes et son rire, sentant le poids de la bague à son doigt et la justesse de ce moment s'installer jusqu'au plus profond de mes os.

La demande, c'était la partie facile.

Maintenant venait la vraie magie : construire une vie.

CHAPITRE UN
TRANSITIONS

KAYLA

La convocation est arrivée trois jours après la demande en mariage de Connor.

Je fixais l'enveloppe couleur crème sur le bureau de ma chambre universitaire, le sceau officiel du Père Noël pressé dans la cire pourpre, et j'essayais de me convaincre que c'était normal. Qu'être convoquée dans l'aile administrative pour un entretien privé avec le Père Noël en personne n'était qu'un mardi comme les autres à l'Université du Pôle Nord.

— Tu te montes la tête, a observé Crystal depuis son lit, où elle était censée faire ses valises, mais où elle passait surtout son temps à me regarder faire les cent pas. Je peux littéralement voir l'anxiété qui émane de toi.

— Je ne me monte pas la tête. J'ai repris l'enveloppe, comme si une quatrième lecture allait révéler un contexte caché que j'avais manqué. Je... digère l'information.

— Ça fait vingt minutes que tu la digères. Elle a basculé ses jambes hors du lit et a traversé la pièce pour me prendre l'enveloppe des mains. C'est probablement pour les honneurs de la remise des diplômes. Ou peut-être qu'il veut te féliciter pour tes fiançailles. Après tout, il t'a demandée en mariage sous l'Arbre de la Bénédiction, devant toute la promotion.

— Et l'aurore boréale qui a explosé comme un feu d'artifice magique, ai-je ajouté, me souvenant de la façon dont les lumières du nord avaient brillé si fort que les étudiants pouvaient les voir depuis les résidences. Très subtil.

Crystal a souri. — Connor n'est pas du genre subtil. C'est l'une de ses qualités les plus attachantes.

Je me suis laissée tomber sur ma chaise de bureau, jouant avec ma bague de fiançailles. Le métal de la météorite était froid contre ma peau, bien que parfois, comme lorsque Connor me tenait la main ou quand je pensais à lui, il se réchauffait et un léger éclat doré apparaissait sous la surface. Le travail d'enchantement de Magnus était extraordinaire.

— Et si c'est une mauvaise nouvelle ? ai-je demandé tout bas. Et si le Conseil a décidé que le fait que Connor et moi ayons réussi toutes nos épreuves n'était pas suffisant, qu'ils voulaient plus de preuves que les liens entre humains et métamorphes peuvent fonctionner ?

— Alors tu leur donneras plus de preuves. La voix de Crystal est devenue véhémente. Kayla, tu as survécu aux épreuves des Gardiens du Serment. Tu as battu des records. Tu as gagné le respect d'Oliver, ce qui revient à faire sourire un glacier. Si quel-qu'un remet en question ta place ici...

Un coup frappé à la porte interrompit sa défense passionnée.

Connor a poussé la porte sans attendre de réponse, sa présence emplissant la petite chambre de l'odeur du vent d'hiver et des pins. Il avait été voler ; ses cheveux étaient ébouriffés par le vent, ses joues rougies par le froid, et ses yeux brillaient de ce contentement qu'il avait toujours après avoir passé du temps dans le ciel.

— Salut. Il a directement traversé la pièce pour venir déposer un baiser sur ma tempe. J'ai eu ton message. Qu'est-ce qui ne va pas ?

J'ai brandi l'enveloppe du Père Noël.

Il a haussé les sourcils. — Ah. C'est pour quand ?

— Demain matin. Dix heures. Je me suis blottie contre sa chaleur rassurante, laissant son calme apaiser mes pensées tourbillonnantes. Et toi ?

— J'ai eu la mienne il y a une heure. Il a sorti une enveloppe identique de la poche de sa veste. Même heure. On dirait qu'on est tous les deux convoqués.

Crystal a émis un son pensif. — Ensemble ? C'est soit très bon signe, soit très mauvais signe.

— Merci pour cette analyse, ai-je marmonné.

La main de Connor a trouvé ma nuque, son pouce traçant des cercles apaisants sur ma peau. — C'est probablement pour la suite. L'orientation professionnelle, peut-être. L'université aime bien rencontrer les finissants pour discuter de leurs projets après l'UPN.

— La plupart des finissants ne sont pas fiancés à des métamorphes rennes qui viennent de battre des records de vol vieux de cinq cents ans, ai-je fait remarquer.

— C'est vrai. Ses lèvres se sont retroussées. Mais la plupart des finissants ne sont pas non plus devenus le premier Gardien du Serment humain de l'histoire de l'université. On est en quelque sorte un lot de circonstances sans précédent.

Malgré mon anxiété, j'ai souri. — C'est comme ça qu'on appelle ça ?

— Je suis ouvert aux suggestions. Il m'a tirée sur mes pieds, enroulant ses bras autour de ma taille. Que dirais-tu de « couple de légende » ? « Duo qui brise les barrières » ? « La raison pour laquelle Oliver a commencé à boire son whisky plus tôt dans la journée » ?

J'ai ri contre sa poitrine. — La dernière est probablement exacte.

Crystal s'est raclé la gorge d'un air entendu. — Je vais vous laisser un peu d'intimité. Et puis, vous voir être aussi adorables me rappelle que je dois bientôt rentrer à Londres. J'ai une réunion d'information sur une affaire lundi matin.

— Merci d'être venue nous aider, a lancé Connor alors qu'elle attrapait sa veste.

— Je n'aurais manqué ça pour rien au monde, a répliqué Crystal avec un grand sourire. Et puis, il fallait bien que quelqu'un s'assure que tu ne convainques pas Kayla de vous enfuir pour vous marier en secret, en zappant les vrais mariages. Ta famille ne te le pardonnerait jamais.

La porte s'est refermée derrière elle, nous laissant seuls, Connor et moi, dans la lumière déclinante de l'après-midi. À travers la fenêtre, je voyais la neige commencer à tomber, cette neige douce et magique que l'UPN invoquait quand le temps semblait trop calme.

— Parle-moi, a murmuré Connor, le menton posé sur le sommet de ma tête. Qu'est-ce qui t'inquiète vraiment ?

Je suis restée silencieuse un instant, rassemblant mes pensées. Connor ne me pressait jamais, c'était l'une des choses que j'aimais chez lui. Il attendait simplement, patient et solide, jusqu'à ce que je sois prête à verbaliser les peurs qui s'emmêlaient dans ma poitrine.

— Et s'il te garde ici et me renvoie à Londres ? ai-je finalement murmuré. Et si construire une vie ensemble signifie choisir entre l'amour et notre vocation ?

Ses bras se sont resserrés autour de moi. — Alors, on trouvera une solution. Ensemble.

— Ce n'est pas une réponse.

— C'est la seule réponse qui compte. Il a reculé juste assez pour prendre mon visage en coupe, m'obligeant à croiser son regard assuré. Kayla, je ne t'ai pas demandée en mariage sous l'Arbre de la Bénédiction pour qu'on passe les cinquante prochaines années chacun à un bout du monde. Peu importe ce que le Père Noël proposera demain, peu importe ce que le Conseil voudra, nous y ferons face en tant que partenaires. Nous négocierons. Nous ferons des compromis. Nous bâtirons des ponts.

— Ça, c'est ma réplique, ai-je dit, mais le nœud dans ma poitrine s'est légèrement desserré.

— J'apprends de la meilleure. Il m'a embrassée sur le front, puis sur le nez, et enfin sur les lèvres, un baiser doux, tendre et plein de promesses. D'ailleurs, as-tu envisagé qu'ils veuillent peut-être nous proposer quelque chose ensemble ? Quelque chose qui utiliserait nos deux compétences ?

— Comme quoi ?

— Je ne sais pas. Mais nous avons passé quatre ans à prouver que les humains et les métamorphes peuvent travailler, apprendre et réussir ensemble. Peut-être qu'ils veulent construire là-dessus.

C'était une jolie pensée. Pleine d'espoir. Très Connor.

J'avais envie d'y croire.

Le lendemain matin s'est levé, clair et froid, de cet éclat arctique qui donnait l'impression que tout était sculpté dans le cristal et la lumière des étoiles. Connor m'a retrouvée devant l'aile administrative, d'une beauté injuste dans un pantalon sombre et un pull vert forêt qui rendait ses yeux encore plus vifs.

— Prête ? a-t-il demandé, me tendant la main.

Je l'ai prise, sentant la chaleur désormais familière se répandre de sa paume à la mienne. — Aussi prête que possible.

L'aile administrative était plus calme que les bâtiments universitaires, avec des tapis plus épais, du bois plus ancien, et des portraits des anciens directeurs qui nous observaient depuis des cadres dorés. Une secrétaire elfe nous a souri derrière un bureau orné, nous indiquant les portes doubles au bout du couloir.

— Il vous attend. Entrez directement.

Le bureau qui se trouvait derrière était exactement tel que je m'en souvenais de ma première visite à l'UPN : des fenêtres allant du sol au plafond donnant sur le campus, des étagères remplies de livres et d'artefacts magiques, un bureau qui semblait avoir été sculpté dans une seule pièce de chêne ancien. Mais au lieu du Père Noël seul derrière ce bureau, Sally Dancer se tenait à ses côtés, ainsi qu'une elfe à l'air sévère que j'ai reconnue comme étant l'Aînée Frost du Conseil.

— Kayla, Connor. La voix chaleureuse du Père Noël a empli la pièce alors qu'il nous désignait les chaises en face de son bureau. Merci d'être venus. Asseyez-vous, je vous en prie.

Nous nous sommes installés dans les chaises proposées, la main de Connor trouvant la mienne automatiquement.

— Premièrement, a continué le Père Noël, ses yeux bleus pétillant, félicitations pour vos fiançailles. La réaction de l'aurore boréale a été très enthousiaste. Le Pôle Nord approuve clairement votre lien.

— Merci, monsieur, a dit Connor.

— Deuxièmement, félicitations pour vos réussites respectives cette année. Kayla, votre performance lors des épreuves des

Gardiens du Serment a été extraordinaire. Connor, ce record de vol restera dans l'histoire de l'université. Le Père Noël s'est penché en avant, joignant ses mains sur le bureau. Ce qui nous amène à la raison de votre présence ici.

Mon cœur battait la chamade contre mes côtes.

— Le Conseil et moi avons discuté de l'avenir de l'éducation magique, a dit le Père Noël. L'Université du Pôle Nord nous a bien servis pendant cinq siècles, mais le monde change. De plus en plus d'humains découvrent la magie. De plus en plus de créatures s'intègrent à la société humaine. Les barrières entre nos mondes s'amincissent.

L'Aînée Frost a parlé pour la première fois, sa voix sèche. — Nous avons besoin d'institutions qui reflètent cette réalité, où la différence n'est pas tolérée, mais fondamentale. Des programmes qui forment non seulement les créatures à la magie, mais aussi les humains et les créatures à la coopération.

— Nous construisons une nouvelle académie, a ajouté Magnus, s'avançant avec une excitation à peine contenue. L'Académie du Pôle Nord, une école secondaire pour les plus jeunes, de onze à dix-huit ans. Un endroit où les enfants humains dotés d'une sensibilité magique pourront apprendre aux côtés de jeunes créatures. Où l'intégration commence tôt, avant que les préjugés ne s'enracinent.

J'ai eu le souffle coupé. La main de Connor s'est resserrée sur la mienne.

— Nous voulons que vous la dirigiez, a dit simplement le Père Noël en regardant Connor. Directeur Prancer, ça sonne bien, ne trouvez-vous pas ?

Connor s'est figé à côté de moi. — Monsieur, je...

— Et Kayla. Le regard du Père Noël s'est tourné vers moi. Nous aimerions que vous soyez Directrice des Relations entre Humains et Créatures, avec un siège au conseil d'administration de l'Académie. Votre expérience de navigation entre les deux mondes fait de vous la personne la mieux qualifiée pour aider à façonner le programme et les politiques.

— C'est sans précédent, a dit l'Aînée Frost, bien que son ton suggère l'approbation plutôt que l'inquiétude. Construire une académie à partir de zéro. Créer de nouveaux modèles éducatifs. Cela exigera de la vision, du dévouement, et le genre de rapprochement que vous avez tous deux démontré tout au long de votre séjour ici.

Je ne pouvais pas parler. Je n'arrivais pas à assimiler. À côté de moi, Connor semblait tout aussi abasourdi.

— Vous n'êtes pas obligés de répondre maintenant, a dit Magnus doucement. C'est une grande décision. Mais le Conseil croit, et je crois, que vous deux êtes exactement ce dont cette académie a besoin. Ce dont l'avenir a besoin.

— Quand ? a réussi à articuler Connor. Quand est-ce que ça... commencerait ?

— La construction débute cet été, a répondu le Père Noël. Nous espérons ouvrir l'automne prochain pour notre première promotion. Ce qui signifie que vous auriez environ un an pour élaborer le programme, recruter le personnel et établir les protocoles. Il a souri. J'ai entendu dire que vous prépariez un mariage. C'est peut-être le bon moment pour lancer à la fois un mariage et une carrière ?

Connor m'a regardée. Je l'ai regardé.

Dans ses yeux, j'ai vu le même mélange de terreur et d'euphorie qui se reflétait probablement dans les miens.

— Pouvons-nous y réfléchir ? ai-je demandé, retrouvant ma voix.

— Bien sûr. Le Père Noël s'est levé, signalant la fin de la réunion. Prenez quelques jours. Discutez-en ensemble. Mais sachez ceci : le Conseil ne vous a pas choisis en dépit de votre jeunesse ou de votre lien sans précédent, mais grâce à cela. Vous représentez l'avenir que nous essayons de construire.

Alors que nous quittions le bureau, hébétés, Magnus m'a attrapé le coude. — Hé. Respire.

J'ai réalisé que je retenais ma respiration depuis que le Père Noël avait dit « Directeur Prancer ».

— C'est de la folie, a dit Connor en passant une main dans ses cheveux. Ils veulent qu'on construise une école. Une école entière.

— Ils veulent que vous bâtissiez des ponts, a corrigé Magnus. C'est ce que vous faites depuis le jour de votre rencontre. Juste... à plus grande échelle.

— Et si on échoue ? La question m'a échappé avant que je puisse la retenir.

L'expression de Magnus s'est adoucie. — Alors vous échouerez ensemble. Mais Kayla ? Vous n'échouerez pas. Je vous ai vus accomplir des choses impossibles pendant quatre ans. Ce n'est que la prochaine chose impossible.

Connor et moi avons retraversé le campus en silence, main dans la main, l'esprit en ébullition. Des étudiants passaient en groupe, riant et criant, ignorant béatement que leur avenir, et le nôtre, venait de basculer.

— À quoi tu penses ? a finalement demandé Connor alors que nous arrivions aux Jardins Grelottants.

Je me suis arrêtée et je lui ai fait face. La neige tourbillonnait autour de nous, douce et silencieuse, et les branches de l'Arbre de la Bénédiction chantaient leur douce mélodie.

— Je pense, ai-je dit lentement, qu'il y a un an, je n'aurais jamais pu imaginer ça. Rien de tout ça. Toi, nous, la vie que nous construisons.

— C'est une bonne chose ?

— C'est terrifiant. Je me suis rapprochée, posant mes mains sur sa poitrine. Et excitant. Et parfaitement juste.

Ses yeux ont sondé les miens. — Tu veux dire que...

— Je veux dire oui. Les mots sont sortis plus facilement que prévu. Construisons une école, Connor. Construisons un avenir où ce que nous avons, ce que nous avons prouvé être possible, devienne la norme. Une chose attendue. Célébrée.

— Ensemble ? Sa voix était pleine d'émerveillement.

— Toujours ensemble. Je me suis hissée sur la pointe des pieds, l'embrassant doucement. Et puis, il faut bien que quelqu'un s'assure que le Directeur Prancer ne laisse pas le pouvoir lui monter à la tête.

Il a ri, un son clair et libre, en me serrant contre lui. — Directrice Matthews, ça sonne bien aussi.

— On va vraiment faire ça ?

— On va vraiment faire ça.

La fille qui tenait l'enveloppe du Père Noël avec des mains tremblantes la veille n'aurait jamais cru cela. Mais aujourd'hui, elle disait oui à tout.

Au-dessus de nous, l'aurore boréale a commencé à danser, subtile, approbatrice, une magie ancienne accueillant le prochain rêve impossible.

Nous commencerions par un mariage. Deux, en fait, un à Londres pour ma famille, un ici pour notre communauté magique. Nous célébrerions notre union dans les deux mondes, honorant chaque partie de qui nous étions.

CHAPITRE DEUX

LA ROBE ET LES DOUTES

K AYLA

La boutique londonienne sentait la rose et la magie ancienne.

Je me tenais au milieu de l'élégant magasin, entourée de miroirs et de papier peint couleur crème, tandis que Crystal passait en revue un portant de robes blanches avec la concentration de quelqu'un en pleine opération militaire. Ma mère était assise sur une causeuse en velours près de la fenêtre, sirotant son thé et s'efforçant de ne pas pleurer chaque fois qu'elle me regardait.

— C'est surréaliste, ai-je marmonné en regardant Crystal sortir robe après robe. Il y a trois semaines, je passais mes examens de fin d'année. Maintenant, je cherche une robe de mariée.

— Deux robes de mariée, a corrigé Crystal en brandissant une élégante robe fourreau qui semblait tout droit sortie d'un défilé de mode. N'oublie pas la cérémonie du lien. Même si je suppose que la robe pour celle-là sera... différente.

— Enchantée, ai-je dit doucement. La conseillère elfe a dit qu'elle se transformerait pendant le rituel. Qu'elle montrerait les marques du lien se former. Et qu'elle réagirait à l'aurore.

La tasse de Maman a légèrement cliqueté contre sa soucoupe. Elle n'était toujours pas entièrement à l'aise avec les aspects magiques de ma vie, le fait que j'allais épouser un métamorphe renne, que j'avais survécu à des épreuves conçues pour briser les humains, que je pouvais voir et toucher une magie dont la plupart des gens ignoraient l'existence.

Mais elle essayait. C'était déjà ça.

— Concentrons-nous d'abord sur la robe de Londres, a dit Crystal avec diplomatie. Celle que ta famille verra. La traditionnelle.

— Oui. J'ai pris la robe fourreau qu'elle me tendait, étudiant ses lignes épurées et ses délicates perles. Traditionnelle.

Sauf que plus rien dans ma vie n'était traditionnel.

Une heure plus tard, j'avais essayé douze robes et je les avais toutes rejetées.

Trop chargée. Trop simple. Trop l'impression de jouer à la princesse dans le fantasme de quelqu'un d'autre. Trop formelle pour une fille qui avait passé quatre ans à porter des tenues de neige enchantées et à étudier la théorie magique.

La treizième robe avait un décolleté en cœur et assez de tulle pour me faire ressembler à un cupcake. J'avais envie de pleurer.

— Kayla ? a lancé la voix de Crystal à travers le rideau. Ça va là-dedans ?

— Je déteste celle-ci aussi, ai-je admis, la voix pâteuse.

— Alors, enlève-la. On en trouvera une autre.

— Et si on n'en trouve pas ? La peur m'a échappé avant que je puisse la retenir. Et si je ne trouve pas de robe parce que je n'appartiens pas non plus à ce monde ? Le monde des humains, je veux dire. Et si je suis trop magique pour Londres et trop humaine pour le pôle Nord, et que je suis juste... coincée entre les deux ?

Silence.

Puis, le rideau a été tiré sur le côté et Crystal est entrée dans la cabine d'essayage, ignorant les protestations de la vendeuse concernant l'intimité. Elle a jeté un regard à mon visage et m'a serrée dans une étreinte farouche, tulle et tout le reste.

— Tu es en train de partir en vrille, a-t-elle dit doucement.

— J'ai le droit de partir en vrille. Je me marie dans six semaines et je commence un nouveau travail qui consiste à construire une école à partir de rien, et je ne sais même pas si je peux trouver une robe qui me ressemble.

Crystal a reculé, me saisissant par les épaules. — La robe, ce n'est que du tissu. Oui, tu veux te sentir belle. Oui, tu veux que Connor te voie remonter l'allée et qu'il en oublie de respirer. Mais Kayla ? Tu pourrais porter un jean et un t-shirt, il te regarderait quand même comme si tu avais décroché la lune.

— Les étoiles, l'ai-je corrigée automatiquement. Il a dit que j'avais accroché les étoiles.

— Tu vois ? Tu te souviens même de ses terribles métaphores romantiques. Elle a souri. C'est ça, l'amour. La robe n'est qu'une décoration.

J'ai essuyé mes yeux, faisant baver le peu de maquillage que j'avais pris la peine de mettre. — Je n'ai l'impression d'appartenir à nulle part en ce moment. Plus tout à fait humaine, pas assez magique pour être autre chose. Juste... entre les deux.

— Tant mieux, a dit fermement Crystal. C'est exactement là que tu dois être. Tu es un pont, tu te souviens ? Les ponts n'appartiennent à aucune des deux rives, ils les relient.

Le rideau a de nouveau bruissé, et ma mère est apparue, son expression douce mais déterminée. — Je peux ?

Crystal a serré ma main et s'est éclipsée, nous laissant seules, Maman et moi, dans le petit espace.

— Je sais que c'est difficile, a dit Maman doucement. Je sais que ta vie a changé d'une manière que je peux à peine comprendre. La magie, les métamorphes et les universités au pôle Nord, c'est comme tout droit sorti d'un livre de contes.

— Mais c'est réel, ai-je murmuré.

— Mais c'est réel, a-t-elle acquiescé. Elle a tendu la main, ajustant un morceau de tulle qui était de travers. Et je sais que tu as peur de ne pas trouver ta place. De ne pas être assez pour les deux mondes. Mais, ma chérie, tu as toujours été entre deux choses. Entre la prudence et le courage. Entre le pragmatisme et le rêve. Entre la logique de ton père et ma foi.

J'ai cligné des yeux, surprise.

— Être entre les deux ne signifie pas que tu n'as pas ta place, a poursuivi Maman. Cela signifie que tu appartiens à quelque chose de plus grand. Quelque chose qui a besoin des deux côtés pour exister. Elle a souri, des larmes brillant dans ses yeux. Tu vas épouser un homme qui aime chaque partie complexe et contradictoire de toi. La partie humaine, la partie magique et tout ce qu'il y a entre les deux. Ne penses-tu pas qu'il voudrait que tu portes une robe qui honore tout ça ?

Quelque chose s'est détendu dans ma poitrine.

— Je ne sais pas à quoi ressemble cette robe, ai-je admis.

— Alors, trouvons-la. Maman a poussé le rideau, me faisant signe de retourner dans le magasin principal. Mais d'abord, sors de ce cupcake. Ça ne te met pas du tout en valeur.

J'ai ri, un son un peu tremblant mais sincère.

Vingt minutes et trois autres robes plus tard, la propriétaire de la boutique est sortie de l'arrière-salle avec une robe que je n'avais pas encore vue. Elle était enveloppée dans du papier de soie argenté, et lorsqu'elle l'a posée sur une chaise, quelque chose dans son allure m'a coupé le souffle.

— Celle-ci vient d'arriver, a-t-elle dit, son accent la situant quelque part en Europe de l'Est. Une commande sur mesure pour une autre cliente, mais elle a annulé. Je pense que peut-être elle vous était destinée.

Crystal a haussé un sourcil. — C'est très mystique de votre part.

La propriétaire a souri. — Cela fait quarante ans que j'habille des mariées. Parfois, c'est la robe qui choisit la jeune femme.

Je me suis approchée lentement, tendant la main pour toucher le tissu. De la soie, fraîche et lisse sous mes doigts. Mais en la soulevant, j'ai remarqué un subtil chatoiement tissé dans la matière, ni tout à fait blanc, ni tout à fait argenté, comme un clair de lune capturé.

— Elle a des enchantements, ai-je soufflé.

Le sourire de la propriétaire s'est élargi. — Des enchantements légers. Des sorts de préservation, principalement. Pour que la robe reste parfaite tout au long de la cérémonie. Mais aussi... Elle a fait un geste vers le corsage. Essayez-la. Vous verrez.

Dans la cabine d'essayage, avec l'aide de Crystal, je me suis glissée dans la robe.

Elle m'allait comme si elle avait été faite sur mesure. Le corsage épousait mes courbes sans être trop serré ; l'encolure était élégante mais pas trop révélatrice. La jupe tombait en couches souples qui bougeaient comme de l'eau. Mais ce sont les détails qui m'ont fait tomber amoureuse : de minuscules perles de cristal qui captaient la lumière, une traîne discrète qui ne traînait pas, et des manches assez transparentes pour laisser deviner la peau mais assez structurées pour avoir de la tenue.

— Oh, a murmuré Crystal quand je suis sortie. Kayla.

Maman a porté sa main à sa bouche, ses larmes débordant.

Je me suis tournée vers le miroir et je me suis figée. Assez élégante pour une église de Londres. Assez enchantée pour le pôle Nord. Pas trop humaine. Pas trop magique. Juste... moi.

— C'est la bonne, ai-je dit, d'une voix à peine plus forte qu'un murmure.

La propriétaire est apparue à mon coude, un air d'approbation dans ses yeux avisés. — Elle se transformera, vous savez. Pendant votre cérémonie du lien.

J'ai croisé son regard dans le miroir. — Comment avez-vous... ?

— Je vous l'ai dit. Quarante ans à habiller des mariées. Elle a tendu la main, ajustant légèrement la manche. Cette robe a de la magie tissée dans ses fibres mêmes. Lors de votre cérémonie humaine, elle sera exactement comme maintenant. Mais quand vous prononcerez vos vœux au pôle Nord, sous l'aurore, les enchantements se réveilleront. Le chatoiement deviendra visible. Les perles de cristal brilleront. Elle montrera au monde, aux deux mondes, le lien que vous créez.

Crystal a poussé un petit cri de joie. — C'est parfait.

L'expression de la propriétaire est devenue pensive. — Peu de couturières savent encore tisser ce genre d'enchantement. De la vieille magie. Oubliée par la plupart.

Quelque chose dans son ton m'a fait marquer une pause. — Pourquoi oubliée ?

— Les temps changent. Les traditions se perdent. Elle a lissé un pli invisible sur la jupe. Mais certains liens méritent les anciens rituels. L'ancienne reconnaissance.

La cérémonie de Londres était pour ma famille, ai-je réalisé. Le rituel du lien serait pour la magie.

— Elle est chère, a dit Maman d'un ton pragmatique, bien que ses yeux soient encore humides.

— Elle est parfaite, ai-je répété, et je le pensais.

La propriétaire a annoncé un prix qui a fait grimacer Maman, but avant que quiconque puisse protester, Crystal a sorti une carte de crédit. — Cadeau de mariage de la part de Magnus et moi. Pas de discussion.

— Crystal...

— Pas de discussion, a-t-elle dit fermement. Tu es ma meilleure amie et tu entres dans le clan des Prancer. Laisse-moi faire ça.

Je l'ai serrée dans mes bras, en faisant attention à ne pas froisser la robe, me sentant reconnaissante, dépassée et parfaitement à ma place, tout à la fois.

Alors que la propriétaire emballait soigneusement la robe et prenait des dispositions pour les retouches, j'ai de nouveau surpris mon reflet dans le miroir. Dans la robe parfaite, entourée des gens que j'aimais, je ne ressemblais pas à quelqu'un coincé entre deux mondes.

Je ressemblais à quelqu'un qui avait trouvé exactement sa place.

— Une robe de trouvée, a dit joyeusement Crystal alors que nous quittions la boutique, la précieuse housse de vêtement passée sur son bras. Maintenant, il ne nous reste plus qu'à planifier deux mariages, construire une école, et te marier avant le début du trimestre d'automne.

— C'est tout ? ai-je demandé d'un ton sec.

Maman a passé son bras sous le mien. — Tu as survécu à pire.

J'ai pensé aux innombrables moments de doute, de peur et de détermination.

— Ouais, ai-je dit en souriant. C'est vrai.

Les rues de Londres bourdonnaient d'activité autour de nous, touristes et locaux, le monde humain normal vaquant à ses occupations humaines normales. Mais moi, je portais une robe

enchantée avec la magie du pôle Nord, j'étais fiancée à un métamorphe renne et je planifiais une vie qui s'étendait sur deux
mondes.

CHAPITRE TROIS
PASSER LE FLAMBEAU

ONNOR

Les Terres sacrées n'avaient jamais semblé aussi sacrées que ce soir.

Je me tenais au bord de la clairière, observant les derniers rayons du crépuscule peindre la neige de nuances violettes et dorées. L'aurore boréale commençait déjà à danser au-dessus de nos têtes, douce ce soir, respectueuse de la cérémonie qui allait avoir lieu. Autour de moi, la meute s'était rassemblée en silence. Magnus et Nix. Rowan. Elian. Oliver se tenait un peu à l'écart, comme toujours, mais il était là. Et Sally, la jeune métamorphe renne qui allait hériter de ce que j'étais sur le point d'abandonner.

Le harnais de tête était suspendu à un poteau ancien au centre de la clairière, brillant de siècles d'utilisation et de magie. Mon père l'avait porté. Mon grand-père. Tous les rennes de tête Prancer, depuis les douze rennes originels qui avaient tiré le premier traîneau du Père Noël.

Ce soir, je serais le dernier.

— Tu es prêt ? m'a demandé Sally en surgissant à mon coude,

son expression déterminée et concentrée, si différente de l'étudiante de première année nerveuse que j'avais encadrée il y a trois ans. C'est ta dernière chance de te défiler et de rester dans l'équipe.

— Je suis prêt. Et c'était vrai. La décision s'était ancrée en moi avec une facilité surprenante une fois que Kayla et moi avions accepté l'offre du Père Noël. Je ne pouvais pas être le directeur de la nouvelle académie et le renne de tête. Il fallait bien faire un sacrifice, et ça, je pouvais le transmettre, sachant que la personne qui le recevrait en était digne.

— Tant mieux. Une lueur d'excitation à peine contenue brillait dans les yeux de Sally. Parce que je travaille pour ça depuis ma première année, et si tu changeais d'avis maintenant, je crois que je pourrais vraiment pleurer.

— On ne pleure pas pendant les transferts de harnais cérémoniels, ai-je dit avec un faux sérieux.

— D'accord. Mais je serais très déçue. Son sourire était contagieux. D'une manière digne et appropriée à un renne de tête.

La voix d'Oliver a percé l'obscurité grandissante. — Il est l'heure.

La meute a formé un cercle autour du poteau central, et je me suis avancé seul. C'était mon moment, mon choix, et la tradition exigeait que j'y fasse face sans soutien. Même Kayla attendait au bord du cercle, ses yeux verts reflétant la lumière de l'aurore, sa bague de fiançailles captant la lueur.

J'ai atteint le poteau et j'ai soulevé le harnais à deux mains. Le cuir était chaud malgré le froid, vibrant de générations de magie et de sens du devoir. L'espace d'un instant, j'ai pu sentir chaque Prancer qui l'avait porté, leur force, leur fierté, leur dévouement au vol.

— Connor Prancer, a dit Oliver en entrant dans le cercle. Tu es né pour ce harnais. Pourquoi choisis-tu de le déposer ?

La question rituelle. Celle que je me préparais à affronter depuis des semaines.

— Parce que l'héritage n'est pas seulement ce dont nous héritons, ai-je dit clairement, d'une voix stable. C'est ce que nous choisissons de construire. Mon père m'a appris à honorer la tradition. Magnus m'a appris que la tradition évolue. Et Kayla... Je l'ai cherchée du regard dans le cercle, j'ai soutenu son regard. Kayla m'a appris que le plus grand héritage n'est pas celui dans lequel on naît. C'est celui que l'on crée pour ceux qui viennent après nous.

Oliver a hoché la tête une fois. — Et qui choisis-tu pour reprendre le flambeau ?

— Sally Dancer. Je me suis tourné vers elle. Avance-toi. Sally est entrée dans le cercle, sa joie de vivre habituelle remplacée par quelque chose de plus profond. De la révérence. La compréhension de ce que ce moment signifiait. J'ai tendu le harnais.

— Tu es arrivée à l'UPN il y a trois ans, nerveuse et incertaine, convaincue que tu n'étais ni assez rapide ni assez forte pour faire partie de l'équipe. Mais tu as travaillé plus dur que quiconque j'ai jamais entraîné. Tu comprends qu'être le leader n'est pas une question de gloire individuelle. C'est une question d'équipe. De meute. De mission. Ma gorge s'est serrée.

— Tu porteras ce harnais avec honneur, et je suis fier de te le transmettre. Sally a pris le harnais avec des mains tremblantes. Pendant un instant, nous sommes restés là, mentor et élève, deux métamorphes rennes liés par la meute et le poids de l'histoire.

— Je ne te décevrai pas, a-t-elle dit doucement, la voix stable malgré l'émotion dans ses yeux. Ni la mémoire de ton père.

— Je sais. J'ai serré son épaule. Prends soin d'eux. Ils sont à toi maintenant, mais un jour, ce seront eux qui enseigneront aux nouvelles recrues. Ses yeux ont brillé de compréhension.

— Le cycle continue.

Elle a reculé, et Oliver s'est avancé avec une bague ancienne, en argent et gravée de runes que je ne pouvais pas tout à fait lire. — Agenouille-toi.

Je me suis laissé tomber sur un genou dans la neige.

— Connor Prancer, la meute te libère de ton serment envers l'équipe de l'attelage. Tu n'es plus lié par le harnais et le vol, mais par le choix et la détermination. Oliver a placé la bague dans ma paume. Elle était chaude, presque brûlante, et j'ai senti une pulsation magique à travers le métal. Cette bague a appartenu au premier directeur de l'Université du Pôle Nord. Le Père Noël demande que tu la portes pendant que tu construis l'académie. Pour te rappeler que certains héritages sont destinés à être partagés, et non thésaurisés.

J'ai glissé la bague à ma main droite. Elle m'allait parfaitement, et au moment où elle s'est posée contre ma peau, j'ai senti quelque chose changer. La magie du harnais, qui avait vibré dans mon sang pendant quatre ans, s'est apaisée. Elle n'avait pas disparu, je serais toujours un métamorphe renne, je porterais toujours l'héritage de mon père, mais elle s'était transformée en quelque chose de nouveau.

— Relevez-vous, Directeur Prancer, a dit Oliver.

Je me suis relevé, et la meute a éclaté en hurlements et en acclamations. Sally m'a immédiatement attiré dans une étreinte écrasante, le harnais coincé entre nous.

— Un discours ! a crié quelqu'un, probablement Elian. Le chef qui prend sa retraite nous doit un discours !

J'ai ri en m'écartant de Sally. — Vous voulez un discours ? D'accord. J'ai regardé autour du cercle, les métamorphes qui étaient devenus ma meute, ma famille. Il y a quatre ans, je pensais savoir exactement qui j'étais censé être. L'héritier des Prancer. Le futur chef. Le défenseur d'un héritage que je comprenais à peine.

L'aurore boréale s'est intensifiée au-dessus de nous, comme si elle écoutait.

— Puis j'ai rencontré une humaine qui a remis en question tout ce que je pensais savoir sur la force, la magie et ce que signifiait construire quelque chose de durable. J'ai de nouveau cherché Kayla du regard, j'ai vu des larmes sur ses joues, et de l'amour dans ses yeux. Elle m'a appris que les meilleurs héritages ne sont pas ceux que l'on conserve dans l'ambre. Ce sont ceux qu'on laisse grandir, changer et devenir quelque chose de mieux que ce dont on a hérité.

Magnus hochait la tête, Nix pressée contre son flanc.

— Alors oui, je dépose le harnais de tête. Mais je ne m'éloigne pas de qui je suis ou d'où je viens. Je prends tout ce que mon père m'a appris, tout ce que cette meute m'a appris, et je construis quelque chose de nouveau. Quelque chose qui honore le passé en faisant de la place pour l'avenir. J'ai adressé un grand sourire à Sally. Et puis, vous avez Sally comme chef maintenant. Elle va être extraordinaire.

Plus de rires, plus d'acclamations. La formalité sacrée de la cérémonie s'est dissoute dans la célébration, les membres de la meute s'avançant avec des félicitations et des taquineries sur mes nouvelles fonctions administratives.

Mais c'est le Père Noël qui est apparu à mon coude alors que la foule commençait à se disperser vers les feux que quelqu'un avait fait apparaître au bord de la clairière.

— Marchez avec moi, a-t-il dit doucement.

Nous nous sommes éloignés de la fête, vers la lisière de la forêt où la lumière de l'aurore peignait la neige de couleurs changeantes.

- C'était bien mené, a dit le Père Noël. La meute respecte votre choix.

— Merci, monsieur.

— Le Conseil surveillera l'académie de près, vous savez. Son ton était doux mais sérieux. Ce que vous et Kayla construisez, c'est sans précédent. Il y aura de la résistance. Des questions.

J'ai hoché la tête, m'y attendant. — On peut le gérer.

— Je crois que vous en êtes capables. Le Père Noël s'est arrêté de marcher, se tournant pour me faire face. Mais Connor, vous devez comprendre quelque chose. Cette académie n'est pas seulement une question d'éducation. Il s'agit de prouver que l'intégration peut fonctionner non seulement au niveau universitaire, mais plus tôt, lorsque les croyances et les préjugés se forment encore. Quand les jeunes esprits sont les plus ouverts au changement.

—Je sais.

— Le Conseil n'est pas uni sur ce point. La Doyenne Frost vous soutient, tout comme Magnus et plusieurs autres. Mais certains croient que les anciennes coutumes doivent le rester. Que les humains et les créatures devraient rester séparés, que le mélange des deux diluera les lignées magiques ou compromettra notre sécurité. Ses yeux bleus étaient vifs malgré leur bienveillance. Ils attendent que vous échouiez.

Un frisson qui n'avait rien à voir avec le froid arctique m'a parcouru l'échine. — Vous voulez dire que...

— Je dis qu'il faut être prudent. Être méticuleux. Bâtissez votre académie sur des bases si solides que même vos détracteurs ne pourront nier son succès. Le Père Noël a posé une main sur mon épaule. Et Connor ? Faites confiance à votre instinct. À la fois au vôtre et à celui de Kayla. Vous n'êtes pas seulement le directeur. Vous êtes des partenaires qui construisent quelque chose ensemble. C'est votre plus grande force.

Avant que je puisse répondre, Kayla est apparue à travers les arbres, emmitouflée dans son manteau d'hiver et l'air inquiet. — Désolée de vous interrompre. Crystal a dit que vous me cherchiez ?

Le Père Noël a souri. — En effet. Je voulais vous donner quelque chose à tous les deux. Il a plongé la main dans son manteau et en a sorti une clé ornée, en vieux laiton, gravée des mêmes runes que la bague à mon doigt. C'est la clé du site de l'académie. Demain, si vous le souhaitez, je peux vous montrer le terrain où vous construirez votre avenir.

Kayla a pris la clé avec respect, et je me suis approché d'elle, passant un bras autour de sa taille.

— Merci, a-t-elle murmuré.

— Merci à vous deux, a corrigé le Père Noël. D'avoir fait ce saut. De croire en un rêve qui n'est pas encore entièrement formé. D'être assez courageux pour jeter des ponts que d'autres ont peur de traverser.

Il nous a laissés là, à la lisière de la forêt, et Kayla s'est appuyée contre moi, la clé chaude dans sa main gantée.

— Comment tu te sens ? a-t-elle demandé. À propos du harnais ?

J'y ai pensé, vraiment réfléchi à la perte et au gain, à la fin et au commencement. — Plus léger que ce à quoi je m'attendais. Prêt.

Elle a levé la clé pour qu'elle capte la lumière de l'aurore. — On le fait vraiment.

— On le fait vraiment.

Derrière nous, de la clairière, provenaient des bruits de fête. Sally était probablement déjà en train de se la péter avec le harnais, et la meute trinquait aux nouveaux départs et aux traditions honorées. Mon enterrement de vie de garçon aurait lieu plus tard, dans les prochaines semaines avant le mariage à Londres. Ce soir, il s'agissait juste de ça, de la transmission d'un rêve pour faire de la place à un autre.

— Tu penses qu'ils nous accepteront ? a demandé Kayla doucement. Les élèves. Leurs familles. La communauté magique.

— Certains le feront. D'autres non. Je l'ai tournée pour qu'elle me fasse face, lui prenant la joue dans ma main libre. Mais nous ne construisons pas l'académie pour tout le monde. Nous la construisons pour les enfants qui en ont besoin. Ceux qui ne rentrent pas dans les vieilles cases. Ceux qui changeront le monde si seulement quelqu'un leur en donne la chance.

Elle a souri. — Depuis quand es-tu si sage ?

— J'apprends des meilleurs. Je l'ai embrassée doucement, goûtant la neige, l'espoir et l'avenir que nous choisissions ensemble. Viens. Retournons à la fête. Sally est probablement déjà en train de planifier des figures de vol élaborées qu'elle ne réalisera jamais.

— Et Nix est très certainement en train de planifier mon enterrement de vie de jeune fille sans me demander mon avis.

Nous sommes retournés vers les feux main dans la main, la clé de notre avenir bien à l'abri dans la poche de Kayla. L'aurore flamboyait plus vivement derrière nous, une magie ancienne reconnaissant le changement, approuvant le choix.

Je ne portais plus le harnais, mais d'une certaine manière, je me sentais plus ancré que jamais.

Certains héritages étaient destinés à être portés. D'autres étaient voués à être transformés.

CHAPITRE QUATRE

LE MARIAGE À LONDRES

K AYLA

Le matin de mon mariage s'est levé, gris et brui-
neux, un temps londonien typique qui, pourtant,
semblait parfait.

Debout à la fenêtre de la suite nuptiale, je regardais la pluie
strier la vitre et tentais de calmer les papillons qui s'agitaient dans
mon ventre. Derrière moi, Crystal se débattait avec la fermeture
éclair de sa robe de demoiselle d'honneur pendant que ma mère
s'affairait autour des arrangements floraux qui n'en avaient pas
besoin.

— Tu es bien silencieuse, a remarqué Crystal, parvenant enfin
à dompter la fermeture éclair. Je devrais m'inquiéter ?

— Non. Je me suis retournée en esquissant un sourire. C'est
juste que... je réalise.

— Tu as beaucoup réalisé, ces derniers temps. Elle a traversé
la pièce pour venir me voir et m'a pris les mains. Tu as des
doutes ? Parce que si tu veux t'enfuir, j'ai les clés de la voiture et
un alibi en béton de prêt.

J'ai ri malgré ma nervosité. — Pas de doutes. Juste beaucoup d'émotions.

Ma mère est apparue avec ma robe, la robe enchantée que nous avions trouvée dans cette boutique magique. Dans la douce lumière du matin, le chatoiement du tissu était à peine visible, attendant que la cérémonie d'union le réveille complètement. Mais je sentais la magie fredonner sous la soie, patiente et vivante.

— Allez, on va t'aider à enfiler ça, a dit ma mère gentiment. Ton père fait déjà les cent pas en bas au point de trouer le tapis, et nous devons être à l'église dans une heure.

La robe a glissé sur ma tête comme de l'eau, se posant contre ma peau avec le poids des rêves et des promesses. Crystal a fermé les boutons pendant que ma mère ajustait la traîne et, quand je me suis enfin tournée vers le miroir, mon souffle s'est coupé.

Je ressemblais à une mariée. Pas la jeune fille incertaine qui était arrivée à l'université du Pôle Nord quatre ans plus tôt, pas l'humaine qui luttait pour faire ses preuves dans un monde magique, juste une femme sur le point d'épouser l'amour de sa vie.

— Oh, ma chérie, a murmuré ma mère, les larmes lui montant déjà aux yeux. Tu es magnifique.

On a frappé à la porte, interrompant ce moment. Mon père a passé la tête, puis s'est figé en me voyant.

— Je peux entrer ? Sa voix était rauque d'émotion. Ou ça porte malheur ?

— Entre, papa. Je lui ai tendu la main et il m'a rejointe, l'air distingué dans son costume de cérémonie et légèrement mal à l'aise avec la boutonnière sur laquelle ma mère avait insisté.

— Tu ressembles trait pour trait à ta mère, a-t-il dit doucement. Le jour de notre mariage. Belle, courageuse et absolument terrifiante.

— Terrifiante ?

— Le mariage est terrifiant. Il a souri. De la meilleure façon qui soit. Tu choisis de construire une vie avec quelqu'un, de lui confier tes pires jours et tes plus beaux rêves. Ça demande du courage.

— Pour Connor, ce courage en vaut la peine, ai-je dit simplement.

— Je sais. Mon père a sorti une petite boîte de sa poche. Ta mère et moi voulions te donner quelque chose. C'est la tradition, quelque chose de vieux, quelque chose de neuf, quelque chose d'emprunté, quelque chose de bleu.

À l'intérieur de la boîte se trouvait un délicat bracelet en fili-grane d'argent entrelacé de minuscules saphirs. — Il appartenait à ta grand-mère, a expliqué ma mère. Elle l'a porté le jour de son mariage, et je l'ai porté au mien.

Crystal m'a aidée à l'attacher autour de mon poignet, et j'ai senti le poids des générations s'ajouter à celui de la robe enchan-tée. Magie ancienne et nouvelle, tradition humaine et promesse surnaturelle, le tout tressé ensemble.

— Merci, ai-je murmuré en les serrant tous les deux dans mes bras.

L'église était petite mais magnifique, en pierre grise recou-verte de lierre, ses vitraux projetant des lumières colorées sur les bancs de bois. Ma famille élargie remplissait les sièges, ainsi qu'une poignée d'amis d'avant l'UPN. Mais parsemés parmi eux se trouvaient les invités magiques : Crystal et Magnus, Nix portant un sortilège d'illusion la faisant paraître entièrement humaine, Rowan et Ivy, Elian et Fiona. Oliver avait décliné l'invi-tation, invoquant un malaise face aux cérémonies humaines, mais il avait envoyé un cadeau : une bénédiction ancienne gravée en vieux norrois.

J'attendais dans le vestibule avec mon père, écoutant le

quatuor à cordes jouer un doux prélude. À travers l'entrebâille-
ment de la porte, je pouvais voir Connor devant l'autel avec Elian
à ses côtés comme témoin ; la famille se tenant près de la famille.

— Il est nerveux, a constaté mon père. C'est bon signe. Ça veut
dire qu'il sait la chance qu'il a.

La musique a changé, annonçant le début du cortège. Crystal
m'a serré la main une fois et s'est glissée par la porte, avançant
dans l'allée dans sa douce robe bleue. Puis il n'est resté que mon
père et moi, et le commencement de tout.

— Prête ? a-t-il demandé.

J'ai pensé à ces quatre dernières années. Aux épreuves. À mon
évolution. À l'amour qui avait fleuri entre Connor et moi malgré
toutes les raisons pour lesquelles ça n'aurait pas dû fonctionner. À
l'avenir que nous construisions, un pont impossible à la fois.

— Je suis prête.

Les portes se sont ouvertes, et tous les visages se sont tournés
vers moi. Mais je ne voyais que Connor.

Son expression quand il m'a aperçue — de l'émerveillement,
de l'amour, et quelque chose qui ressemblait à du soulagement — a fait s'envoler mon cœur. J'ai vu ses mains se desserrer,
je l'ai vu prendre une profonde inspiration, j'ai vu ses yeux briller
de larmes qu'il était trop fier pour laisser couler devant tout le
monde.

Mon père m'a accompagnée lentement dans l'allée, et j'ai
essayé de tout mémoriser. La façon dont la lumière filtrait à
travers les vitraux. L'odeur de roses et de pierre ancienne. Les
visages des gens que j'aimais, témoins de ce moment. Mais
surtout, j'ai mémorisé Connor, sa façon de me regarder comme si
j'étais la magie incarnée.

Quand nous sommes arrivés à l'autel, mon père a placé ma
main dans celle de Connor. — Prends soin d'elle, a-t-il dit à voix
basse.

— Au péril de ma vie, a promis Connor.

Le vicaire a commencé la cérémonie, des paroles traditionnelles sur l'amour et l'engagement, sur le fait de construire une
vie ensemble et de surmonter les tempêtes qui pourraient surve-
nir. Mais je l'entendais à peine. Toute mon attention était concentrée sur la main de Connor dans la mienne, son pouce dessinant
des cercles sur ma paume, sa chaleur à mes côtés.

— Le couple a préparé ses propres vœux, a annoncé le vicaire.

Connor a commencé, sa voix stable malgré l'émotion dans ses
yeux. — Kayla, il y a quatre ans, tu es entrée dans ma vie et tu as
remis en question tout ce que je pensais savoir. Tu étais censée
n'être qu'une étudiante de plus, humaine, de passage, quelqu'un
qui traverserait l'UPN et disparaîtrait. Mais tu es devenue ma
partenaire. Ma meilleure amie. La personne qui m'a appris que la
force n'est pas une question de pouvoir ou d'héritage, mais qu'elle
consiste à choisir l'amour même quand c'est difficile.

Sa prise sur mes mains s'est resserrée. — Tu as prouvé que des
ponts peuvent être construits pour franchir n'importe quel fossé
si les deux côtés sont prêts à tendre la main. Tu m'as montré
qu'être vulnérable n'est pas une faiblesse, mais la chose la plus
courageuse que l'on puisse faire. Et tu m'as fait croire en un avenir
que je n'aurais jamais imaginé possible.

Dehors, la pluie s'est intensifiée, mais à l'intérieur, une douce
lumière faisait tout scintiller.

— Je promets d'être ton partenaire en toutes choses, a poursuivi Connor. De construire des ponts à tes côtés. De te rattraper
quand tu tomberas et de t'encourager quand tu prendras ton
envol. Il a souri, avec une petite lueur humide dans les yeux. Je
promets de t'aimer de tout mon être, dans ce monde et dans le
suivant, pour tous les jours qui nous seront donnés.

Mon tour. J'ai pris une inspiration tremblante, priant pour que
ma voix ne se brise pas.

— Connor, quand je suis arrivée à l'université du Pôle Nord, j'étais terrifiée. Terrifiée d'échouer, de ne pas être à la hauteur. Mais tu m'as vue, vraiment vue, et tu ne m'as jamais demandé d'être autre chose que moi-même.

Les larmes coulaient sur mon visage maintenant, mais je m'en fichais. — Tu m'as mise au défi d'être plus courageuse. D'aller plus loin. De croire que je pouvais avoir ma place dans des espaces qui n'étaient pas conçus pour moi. Et tu m'as aimée à travers chaque doute, chaque peur, chaque moment où j'ai voulu abandonner.

Par la porte ouverte de l'église, j'ai entendu un grondement de tonnerre, ou peut-être était-ce autre chose. Quelque chose de magique qui répondait aux vœux échangés.

— Je promets d'être ton foyer, ai-je dit. Ton refuge. La personne qui croit en toi même quand tu doutes de toi-même. Je promets de construire l'impossible avec toi, des ponts que personne ne pensait pouvoir tenir. Des écoles, des rêves et une vie qui honore d'où nous venons tout en visant là où nous allons. J'ai souri à travers mes larmes. Je promets de t'aimer pour toujours tel que tu es. Mon meilleur ami et mon cœur. Pour toujours.

La voix du vicaire semblait venir de très loin. — Par les pouvoirs qui me sont conférés, je vous déclare maintenant mari et femme. Vous pouvez embrasser la mariée.

Connor m'a attirée à lui, et le baiser était tout à la fois : tendre, passionné et plein de promesses. Autour de nous, les invités ont éclaté en applaudissements, mais à cet instant, il n'y avait que nous. Juste Connor et moi et la vie que nous commencions.

Quand nous nous sommes enfin séparés, j'ai remarqué quelque chose d'étrange. La pluie dehors s'était arrêtée et, à travers les vitraux, des aurores boréales dansaient de façon improbable dans le ciel gris de Londres.

— C'est toi qui... ai-je commencé.

— Pas moi, a murmuré Connor, les yeux écarquillés. Le Pôle Nord. Il célèbre avec nous.

Crystal a croisé mon regard depuis le premier rang et a souri, pointant discrètement vers le haut. Les autres invités magiques semblaient ravis ; ce genre de phénomène était rare en dehors de l'Arctique, un signe que le territoire lui-même approuvait le lien qui se formait.

Nous avons descendu l'allée main dans la main, mari et femme, tandis que l'aurore flamboyait au-dessus de nos têtes et que nos familles nous acclamaient.

La salle de réception était petite, décorée de guirlandes lumineuses et remplie de rires. C'était exactement ce que nous voulions.

Mon père a fait un discours sur le fait de m'avoir vue grandir, de l'enfant curieuse à la femme pleine d'assurance. Il n'a réussi à verser une larme que deux fois, et il a soigneusement évité de mentionner la magie ou les métamorphes, bien que je l'aie vu croiser le regard de Connor à un moment donné et hocher la tête avec une approbation manifeste.

Le discours de Crystal était plus drôle, plein d'histoires de l'UPN qu'elle a soigneusement adaptées pour les oreilles humaines. — Quand Kayla est arrivée à l'université, a-t-elle dit, les yeux pétillants, elle était persuadée qu'elle ne s'intégrerait pas. Mais elle a fait plus que s'intégrer, elle a excellé. Elle est devenue le genre d'étudiante, le genre de personne, que les autres admiraient. Et la voir tomber amoureuse de Connor a été le plus grand privilège de ma vie.

Elle a levé son verre. — À Kayla et Connor. Que votre amour soit toujours aussi fort qu'aujourd'hui, et que vous ne cessiez jamais de construire des ponts.

— À Kayla et Connor ! ont repris les invités en chœur.

Le discours d'Elian en tant que témoin a été parfait, chaleureux et drôle sans franchir aucune limite, parlant de son enfance avec Connor, de l'avoir vu restaurer le nom de Prancer, et de savoir que Kayla était exactement la partenaire que son cousin méritait. Mes parents les plus conservateurs ont approuvé, et les yeux de Connor étaient étrangement brillants à la fin.

Puis ce fut le moment de notre première danse.

Connor m'a menée sur la piste alors que les premières notes de notre chanson commençaient, quelque chose de doux et de romantique que nous avions choisi ensemble lors d'une séance de préparation nocturne. Sa main s'est posée à ma taille, la mienne sur son épaule, et nous avons commencé à bouger.

— Bonjour, Madame Prancer, m'a-t-il murmuré, son souffle chaud contre mon oreille.

— Bonjour, Monsieur Prancer. Je me suis blottie contre lui, laissant la musique et sa présence m'envahir. On l'a fait.

— La première est faite. Il s'est reculé juste assez pour croiser mon regard. Prête pour la deuxième ?

La cérémonie d'union. Le rituel magique qui scellerait notre lien d'une manière que la cérémonie humaine ne pouvait pas faire. La transformation de ma robe d'élégante à enchantée, l'apparition des marques d'union, le Pôle Nord lui-même comme témoin.

— Prête, ai-je promis.

Nous avons dansé jusqu'à la fin de la chanson, puis d'autres nous ont rejoints. Mes parents se balançaient ensemble dans un coin, Magnus faisait tourner Nix avec une aisance consommée, Crystal charmait d'une manière ou d'une autre l'un des professeurs les plus âgés pour qu'il danse avec elle, malgré ses protestations initiales sur le fait de « ne pas avoir bougé comme ça depuis un siècle ».

L'aurore dansait toujours dehors, visible à travers les fenêtres de la salle, un rappel que la magie était réelle, qu'elle nous observait et célébrait à nos côtés.

Alors que la soirée avançait et que la fête devenait plus bruyante, Connor et moi nous sommes éclipsés dehors pour un moment de calme. L'air était frais et pur après la pluie, et les aurores boréales peignaient tout de nuances de vert et d'or.

— Merci, ai-je dit doucement. De m'avoir offert ça. La cérémonie humaine. La chance pour ma famille de faire partie de notre commencement.

— C'est ma famille aussi maintenant, m'a rappelé Connor. Il m'a enlacée par-derrière, son menton reposant sur mon épaule. Et la semaine prochaine, ta famille deviendra officiellement la mienne. Devant la meute, sous l'aurore, avec toute la magie que nous avons retenue.

Je me suis retournée dans ses bras, passant mes mains derrière son cou. — Ça va être différent.

— Ça va être parfait. Il m'a embrassée doucement. Les deux cérémonies. Les deux facettes de qui nous sommes. C'est ce qui fait que ça marche entre nous.

À l'intérieur, quelqu'un nous a appelés pour couper le gâteau. Dehors, l'aurore a brillé plus fort, comme en signe d'approbation.

CHAPITRE CINQ
LE PASSAGE ENTRE LES MONDES

CONNOR

Le portail scintillait dans la chambre d'hôtel londonienne, telle une déchirure dans la réalité même.

Je me tenais devant avec Kayla, nos mains jointes, nos tenues de mariage formelles échangées contre un équipement d'hiver enchanté qui nous protégerait du froid arctique de l'autre côté. À travers la surface ondoyante, je pouvais distinguer des aperçus du pôle Nord : la lueur d'une aurore boréale, de la neige, et le paysage familier de chez moi.

— Prête ? ai-je demandé en lui serrant la main.

Kayla était magnifique dans sa tenue de neige, ses cheveux tressés en arrière, ses yeux verts brillant d'impatience et de nervosité. Nous avions passé trois jours à Londres après le mariage, laissant à sa famille le temps de célébrer avant que nous retournions dans le monde magique pour la cérémonie d'union.

— Je suis prête. Elle s'est haussée sur la pointe des pieds pour m'embrasser rapidement. Rentrons à la maison.

Nous avons franchi le portail ensemble.

La transition a été instantanée : le ciel gris de Londres a été remplacé par la morsure de l'hiver, les sons de la ville faisant place au murmure de la neige et du vent. Nous avons émergé dans la chambre du portail sous l'Université du Pôle Nord, où Magnus nous attendait avec un grand sourire et les bras ouverts.

— Bon retour parmi nous, M. et Mme Prancer, a-t-il dit, nous attirant tous les deux dans une étreinte. Comment s'est passée la cérémonie humaine ?

— C'était parfait, a dit Kayla. Mon père a pleuré. Ma tante s'est saoulée et a raconté des histoires embarrassantes. L'aurore boréale est apparue au-dessus de Londres.

Nix est sortie de l'ombre, élégante comme toujours. — Le Conseil a été très impressionné. Les terres ne réagissent générale-ment pas aussi fortement en dehors de l'Arctique.

— Elles ont donné leur approbation, ai-je dit simplement, me souvenant de l'émerveillement sur le visage de Kayla lorsqu'elle avait vu les aurores boréales flamboyer au-dessus du ciel gris de Londres.

Magnus m'a donné une tape sur l'épaule. — Allez. Le Père Noël attend en haut avec la moitié de la communauté magique. La nouvelle de la cérémonie d'union s'est répandue, et tout le monde veut y assister.

Nous avons monté les escaliers de la chambre du portail jusqu'au campus principal, et j'ai senti Kayla se raidir à côté de moi alors que nous sortions à l'air libre. Les terrains de l'univer-sité étaient transformés : des sculptures de glace bordaient chaque sentier, de la neige enchantée tombait en douces spirales, et des lanternes magiques flottaient dans les airs, projetant une chaude lumière dorée. Mais c'est la foule qui m'a coupé le souffle.

Des centaines de créatures se pressaient dans les espaces entre les bâtiments. Des métamorphes et des farfadets, des elfes et des géants du givre, et même quelques selkies qui avaient voyagé depuis la côte. Toute la communauté du pôle Nord, semblait-il, s'était rassemblée pour être témoin de notre union.

— Connor, a chuchoté Kayla, me serrant la main plus fort. Ils sont si nombreux.

— Ils sont là pour nous, ai-je murmuré en retour. Pour ce que nous représentons. Une humaine et un métamorphe, se choisissant l'un l'autre devant la magie elle-même.

Le Père Noël attendait à l'orée des Terres Sacrées, resplendissant dans une tenue de cérémonie brodée de fil d'argent. Il a souri en nous voyant. — Kayla, Connor. Bienvenue à la maison. Êtes-vous prêts à sceller votre union ?

— Oui, monsieur, avons-nous dit à l'unisson.

— La cérémonie aura lieu au coucher du soleil, dans environ deux heures. Cela vous laisse le temps de vous reposer et de vous préparer. Ses yeux pétillaient, bien que quelque chose de sérieux persistât sous cette chaleur. Vos amis attendaient votre retour avec impatience.

Comme s'ils avaient été invoqués, les membres de notre bande de l'UPN sont apparus : Rowan et Ivy, Elian et Fiona, Oliver se tenant légèrement à l'écart mais bien présent, et Sally Dancer portant ce qui ne pouvait être décrit que comme une parure de harnais de cérémonie pour traîneau, rayonnant pratiquement de fierté dans son nouveau rôle de renne de tête.

— Vous êtes de retour ! Ivy s'est jetée sur Kayla, l'entraînant dans une étreinte.

— Comment était Londres ? On a entendu dire que l'aurore est apparue au-dessus de la ville, c'est vrai ?

— Elle est apparue, a confirmé Kayla en riant.

— Ma famille n'en revenait pas. Ma mère a pleuré pendant toute la cérémonie.

— Comme toute bonne mère se doit de le faire, a dit Ivy, enlaçant Kayla plus doucement. Ce soir sera différent, cependant. Plus magique. Plus... viscéral.

J'ai perçu le léger avertissement dans son ton. La cérémonie d'union n'était pas seulement faite de jolies paroles et d'échange d'alliances. C'était une magie ancienne, dont les terres elles-mêmes étaient témoins, et elle nous marquerait tous les deux de façon permanente. Des marques d'union qui apparaîtraient sur nos poignets, preuve visible de notre connexion.

— Nous sommes prêts, l'ai-je assurée.

Mais l'étais-je vraiment ? La question a surgi sans y être invitée alors que les femmes emmenaient Kayla et que je la regardais disparaître dans le pavillon de préparation. Et si quelque chose tournait mal ? Et si la magie nous rejetait malgré tout ce que nous avions prouvé ? Et si Kayla voyait ma vraie forme dans le cercle sacré et que c'était trop pour elle, non pas intellectuellement, mais viscéralement, à ce moment où le pouvoir ancien dépouillerait toute prétention ?

— Arrête de gamberger, a dit Magnus doucement, apparaissant à mon coude. Je le vois d'ici.

— Je ne suis pas en train de...

— Si. Il m'a guidé vers le pavillon de préparation des hommes. Allez, viens. On va te préparer avant que tu ne te fasses paniquer tout seul.

À l'intérieur du pavillon, la chaleur des braseros enchantés chassait le froid. Sally était déjà là, avec Rowan, Elian et Oliver. L'endroit sentait le pin et la magie, une odeur à la fois rassurante et ancestrale.

— Nerveux ? a demandé Sally en me tendant une flasque contenant quelque chose qui sentait la cannelle et le feu.

— Terrifié, ai-je admis en prenant une gorgée. Le liquide a brûlé agréablement dans ma gorge, me réchauffant de l'intérieur.

— Bien. C'est Oliver, étonnamment, qui a pris la parole. La

peur signifie que tu comprends la gravité de ce que tu fais. Ce n'est pas une cérémonie humaine qui peut être annulée avec de la paperasse. Les liens magiques sont éternels.

— Je sais. J'ai soutenu son regard sévère. Je veux l'éternité avec elle.

Quelque chose a changé dans l'expression d'Oliver, de l'approbation, peut-être, ou du respect. — Alors tu l'auras. Les terres y veilleront.

Magnus a sorti une tenue de cérémonie pour moi, d'un vert forêt profond brodé de bois d'argent et de motifs d'aurores boréales. Elle était plus lourde que je ne l'imaginais, doublée d'enchantements qui protégeaient du froid et renforçaient la magie de la cérémonie.

— Elle appartenait à ton père, a dit Magnus doucement. Il la portait quand il s'est uni à ta mère. Je l'ai gardée en sécurité. Il a marqué une pause, son expression lointaine. Il se tenait dans ce même cercle, il y a des années. Une foule différente, les mêmes enjeux.

Ma gorge s'est serrée. J'ai pris la tenue avec précaution, sentant le poids de l'héritage et de l'amour tissé dans chaque fil. Papa avait fait ça. S'était tenu devant l'autel avec Maman, avait laissé la meute assister à la formation de leur lien. Et maintenant, je suivrais cette voie, portant sa tenue, emportant son souvenir dans mon propre avenir.

— Merci, ai-je murmuré.

Pendant que je m'habillais, Magnus m'a expliqué ce qui allait se passer. — La cérémonie requiert que douze métamorphes rennes forment un cercle autour de toi et de Kayla. Nous maintiendrons l'espace, canaliserons la magie des terres, serons témoins de la formation du lien. Oliver officiera, il l'a déjà fait, il connaît les mots anciens.

— Tu devras te transformer à un moment donné, a ajouté

Rowan. Montrer à Kayla ta vraie forme dans l'espace sacré. La laisser te toucher en tant que renne, pas seulement en tant qu'humain. Cette acceptation, le fait qu'elle t'accepte tout entier, c'est ce qui scelle le lien.

La revoilà. Cette vague de doute dans ma poitrine.

— Et si elle hésite ? La question m'a échappé avant que je puisse la retenir. Pas parce qu'elle ne m'aime pas, mais parce que la magie rend les choses différentes ? Me rend différent ?

Le silence s'est fait dans la pièce.

— Alors le lien ne se forme pas, a dit Oliver sans détour. Et vous n'êtes pas dans une situation pire qu'avant. Mais Connor... Il s'est approché, son expression plus douce que je ne l'avais jamais vue. Cette fille a affronté des épreuves des Gardiens du Serment conçues pour briser les humains. Elle a gagné le respect de créatures qui vivent depuis des siècles. Elle t'a choisi en sachant exactement ce que tu es. La cérémonie ne change rien à cela. Elle ne fait que le rendre officiel.

— La magie ne vous rejettera pas, a ajouté Magnus. J'ai vu comment l'aurore réagit à vous deux. Les terres veulent ce lien. Elles le célèbrent depuis le jour où tu l'as demandée en mariage.

J'ai hoché la tête, essayant d'intérioriser leur confiance alors que la mienne vacillait.

La porte du pavillon s'est ouverte, et le Père Noël est entré. La chaleur décontractée de tout à l'heure avait disparu, remplacée par quelque chose de plus formel, de plus ancien. C'était le Père Noël en tant qu'autorité magique, en tant que gardien des traditions du pôle Nord.

— L'heure approche, dit-il. Connor, marche avec moi.

Nous sommes sortis dans le crépuscule qui s'épaississait. La foule se rassemblait déjà sur les Terres Sacrées, des centaines de créatures trouvant leur place autour du cercle rituel. Je pouvais voir les douze poteaux marquant le périmètre, des flammes commençant à s'embraser au sommet de chacun.

— Certains de ceux qui regarderont ce soir espèreront te voir échouer, dit calmement le Père Noël. Pas beaucoup, mais assez pour qu'on les remarque. Des anciens qui croient que les vieilles traditions doivent rester anciennes. Des membres du Conseil qui craignent que des liens comme le vôtre n'affaiblissent les lignées magiques.

Ma mâchoire s'est crispée. — Vous me dites ça maintenant ?

— Je te le dis pour que tu sois préparé. Il s'est arrêté de marcher, se tournant pour me faire face. Mais Connor, je te dis aussi que je crois en ce que toi et Kayla représentez. L'avenir ne réside pas dans la pureté ou la séparation. Il réside dans les ponts. Dans le choix de la connexion plutôt que de l'isolement. Ses yeux ont brillé. Prouve-leur qu'ils ont tort. Pas avec des mots, mais avec le lien lui-même. Montre-leur que l'amour transcende les catégories.

— Aucune pression, j'ai marmonné.

Il a souri. — Tu as géré une pression bien pire. Et tu ne seras pas seul dans ce cercle. Tu auras Kayla. Ça a toujours été votre force.

Nous avons continué vers les Terres Sacrées alors que le soleil touchait l'horizon. La foule s'est écartée pour nous laisser passer, et j'ai senti le poids de centaines de regards. La plupart étaient chaleureux, excités, encourageants. Mais parsemés parmi eux se trouvaient des visages qui observaient sans sourire, des anciens dont les expressions trahissaient le scepticisme, le doute, peut-être même la désapprobation.

L'aurore boréale a commencé à s'éveiller au-dessus de nos têtes, des rubans verts et dorés dansant contre le ciel qui s'assombrissait.

Les Terres Sacrées avaient été transformées. Douze poteaux

marquaient un cercle au cœur de la clairière, chacun gravé de runes anciennes et surmonté de flammes magiques. Au centre se dressait un autel de pierre simple, usé et poli par des siècles de cérémonies.

Et là, attendant près de l'autel dans sa robe de mariée enchantée, se trouvait Kayla.

Mon souffle s'est coupé.

La robe qui avait paru élégante et subtile à Londres s'éveillait maintenant, répondant à la magie du pôle Nord. Le chatoiement que j'avais à peine remarqué auparavant flamboyait désormais de façon visible, des fils d'argent parcourant la soie blanche comme de la lumière d'étoile capturée. Les perles de cristal brillaient doucement, et le tissu lui-même semblait pulser de lumière au rythme de son cœur.

Elle était éthérée. D'un autre monde. Et pourtant, elle était entièrement elle-même, Kayla, ma partenaire, faite de cran et d'émerveillement.

Mais en m'approchant, j'ai vu la tension dans ses épaules. La façon dont ses mains tremblaient légèrement le long de son corps.

— Salut, ai-je dit doucement en prenant ses mains dans les miennes. Ça va ?

— Et si je ne le sens pas ? a-t-elle murmuré, les yeux écarquillés par la peur. Le lien. Et si la magie ne marche pas pour moi parce que je suis humaine ? Et si tout le monde regarde et que rien ne se passe et que nous avons construit tout ça pour...

— Kayla. J'ai serré ses mains, l'ancrant. Regarde-moi.

Elle l'a fait, ses yeux verts brillant de larmes non versées.

— La magie marche déjà pour toi, ai-je dit fermement. Tu as survécu aux épreuves des Gardiens du Serment. Tu portes une bague enchantée qui te ramène à la maison, vers moi. L'aurore boréale est apparue au-dessus de Londres à notre mariage. Les terres nous approuvent depuis le début. J'ai touché sa joue. Cette cérémonie ne crée pas notre lien. Elle ne fait que le rendre visible.

— Et si je rate tout ?

— Tu ne rateras rien. Je l'ai attirée près de moi, pressant mon front contre le sien. Nous ne raterons rien. Ensemble, tu te souviens ?

Elle a pris une inspiration tremblante, puis a hoché la tête. — Ensemble.

Crystal est apparue à côté de nous, ses propres yeux humides. — Tu te souviens quand tu n'arrivais même pas à choisir une robe ? a-t-elle dit à Kayla avec un sourire larmoyant. Regarde-toi maintenant. Sur le point d'entrer dans un feu magique avec un métamorphe renne qui t'adore.

Kayla a ri, le son brisant sa peur. — J'ai fait du chemin depuis cette cabine d'essayage.

— Vous en avez fait tous les deux, a dit Crystal, pressant l'épaule de Kayla avant de reculer pour rejoindre la foule.

Les témoins se sont installés en position autour du périmètre du cercle, créant un mur vivant. J'ai vu Magnus et Nix debout ensemble, Rowan et Ivy se tenant la main. Même les anciens sceptiques s'étaient rapprochés, attirés par le pouvoir qui montait dans l'air.

Le Père Noël s'est avancé, sa présence commandant l'attention sans effort. — Nous nous rassemblons ce soir pour être témoins de quelque chose d'ancien et de nouveau. Une union entre une humaine et un métamorphe, scellée sous l'aurore, bénie par les terres elles-mêmes. Son regard a balayé la foule, s'attardant sur les sceptiques. Que tous les présents comprennent : ce que le pôle Nord approuve, aucune créature ne peut le nier.

Une onde a parcouru l'assemblée des témoins, une acceptation de la part de certains, une reconnaissance réticente de la part d'autres.

Oliver s'est placé devant l'autel, son expression solennelle mais pas hostile. Derrière lui, les douze métamorphes rennes ont pris leur position aux poteaux : Magnus, Sally, Rowan, Elian et huit autres des équipes de traîneau. Dès l'instant où ils ont été en place, j'ai senti la magie changer dans l'air. Elle est devenue lourde. Ancienne. En attente.

L'aurore boréale a flamboyé plus fort, comme si les terres elles-mêmes se penchaient pour regarder.

Oliver a levé les mains, et un silence absolu est tombé sur les Terres Sacrées. Même le vent semblait retenir son souffle.

— Il est temps, a-t-il dit tranquillement, les yeux fixés sur Kayla et moi. Prenez vos places.

La main de Kayla a trouvé la mienne, nos doigts s'entremêlant. Son pouls martelait contre ma paume, à l'unisson avec mon propre cœur qui battait la chamade.

C'était le moment. Le moment que nous avions construit depuis ce premier jour en Introduction à la Dynamique de Traîneau. Depuis le jour où une fille humaine m'avait regardé et avait vu non seulement un héritier métamorphe, mais une personne qui valait la peine d'être connue.

Elle était entrée dans ce monde un pas prudent à la fois. Ce soir, elle marchait vers le feu.

CHAPITRE SIX
LA CÉRÉMONIE DU LIEN

Kayla

La pierre de l'autel était froide sous mes paumes, ancienne et polie par des siècles de cérémonies exactement comme celle-ci. Sauf que pas du tout comme celle-ci, car combien d'humains s'étaient tenus là, sur le point de se lier à un métamorphe renne sous le regard du pôle Nord en personne ?

Ma robe pulsait de lumière, les enchantements désormais pleinement éveillés. Je sentais la magie vibrer à travers la soie, répondant à la puissance qui s'accumulait dans les Terres Sacrées. C'était à la fois bouleversant, magnifique et terrifiant.

La voix d'Oliver retentit dans l'ancienne langue, des mots que je ne comprenais pas mais que je ressentais jusqu'à la moelle. Les douze métamorphes rennes postés autour du cercle commencèrent à chanter, d'une voix basse et rythmée, et le son vibra à travers le sol pour remonter dans mes jambes. L'aurore boréale au-dessus de nos têtes flamboya plus vivement à chaque syllabe, comme si le ciel lui-même était à l'écoute.

Connor se tenait à mes côtés, la toge de son père lui donnait en tout point l'allure de l'héritier qu'il était né pour être. Mais sa main trouva la mienne, nos doigts s'entrelacèrent, et je sentis son pouls s'emballer aussi vite que le mien.

Nous étions tous les deux terrifiés, mais prêts.

— Connor Prancer, dit Oliver en passant à la langue commune. Avancez et montrez votre vérité.

Connor serra ma main une fois, puis la relâcha. Il s'avança au centre du cercle, directement sous le point le plus brillant de l'aurore. La foule se pressa, des centaines d'yeux le fixaient. Je vis les anciens sceptiques, leurs visages impassibles. Je vis Crystal s'agripper au bras de Magnus. Je vis le Père Noël, grand et imperturbable.

Puis Connor commença à se transformer.

Je l'avais déjà vu faire, bien sûr. Mais jamais comme ça. Jamais au milieu d'une magie ancienne qui rendait chaque transformation sacrée, qui mettait à nu toute prétention et révélait la vérité dans sa forme la plus brute.

Sa silhouette se floutait, s'élargit. Un instant, il se tenait sur deux jambes dans une toge vert forêt, l'instant d'après, il était magnifique, ses bois s'étendant largement, ses épaules puissantes, ses yeux sombres qui possédaient l'intelligence de Connor, mais dans un corps qui était purement, indéniablement autre.

Les flammes au sommet des douze poteaux s'élevèrent plus haut. L'aurore boréale flamba si vivement que je dus plisser les yeux pour me protéger de la lumière. La magie pesait sur ma peau comme un poids physique, et ma robe réagit, les enchantements s'embrasant jusqu'à ce que je sois enveloppée d'une lumière blanc argenté.

— Kayla Matthews, entonna Oliver. Approchez de votre promis. Contemplez sa vérité et choisissez.

C'était le moment. Le moment où tout se jouait.

Je fis un pas en avant sur des jambes tremblantes. La magie s'intensifia avec mon mouvement, tourbillonnant autour de moi, à travers moi. Je pouvais la goûter, un mélange de vent d'hiver et de pin, de neige ancienne et de lumière d'étoiles. Mes poignets me brûlaient là où je savais que les marques du lien attendaient de se former, retenues uniquement par mon acceptation ou mon refus.

Connor, le renne, baissa sa tête massive, me donnant accès, me faisant entièrement confiance. Son souffle sortait en volutes de givre visibles qui se dissipaient dans l'air chargé.

Je pouvais sentir la foule retenir son souffle. Je pouvais percevoir leur doute, leur espoir et leur curiosité, tout cela entremêlé. Mais tout s'évanouit lorsque je plongeai mon regard dans les yeux de Connor.

Toujours lui. Toujours mon partenaire qui voulait bâtir des rêves impossibles avec moi. Juste... plus.

Je tendis la main, tremblante, et touchai son museau.

Le monde explosa.

La magie m'inonda, non pas douce, ni graduelle, mais un torrent de puissance qui embrasa chacune de mes terminaisons nerveuses. Je haletai, faillis trébucher, mais Connor s'avança légèrement, me stabilisant par sa présence solide. Là où ma peau rencontrait sa fourrure, une lumière dorée s'enroula sur mon bras en motifs complexes qui imitaient l'aurore boréale.

La marque du lien apparut à mon poignet, non pas peinte, mais émergeant de l'intérieur, comme si elle avait toujours été là, attendant d'être révélée. De l'or qui chatoyait et pulsait, chaud sous ma peau, vivant d'une magie que je pouvais enfin sentir au lieu de simplement l'observer.

— Bonjour, murmurai-je à travers des larmes que je ne me souvenais pas avoir commencé à verser.

La magie déferla de nouveau, et cette fois, je ne la combattis pas. Je la laissai me submerger, me montrer ce que Connor ressentait : son amour, sa peur, son espoir désespéré que je l'accepte, son soulagement quand je le fis. Je sentis sa joie percuter la mienne, sentis nos émotions s'emmêler et fusionner jusqu'à ce que je ne puisse plus dire où les miennes s'arrêtaient et où les siennes commençaient.

La robe se transforma.

Le subtil chatoiement à peine visible explosa de brillance. Des fils d'argent s'enflammèrent comme des éclairs capturés, les perles de cristal éclatant en points de lumière qui rivalisaient avec les étoiles. Le tissu lui-même sembla prendre vie, mû par la magie plutôt que par le simple vent, et je sentis les enchantements s'ancrer dans ma peau comme une seconde couche de bénédiction.

J'avais l'air d'être l'incarnation de la magie. Et c'était aussi ce que je ressentais.

Connor reprit sa forme humaine, la transformation fut douce et rapide. Il me rattrapa alors que mes genoux flageolaient, me calant contre sa poitrine. Sa toge s'était reformée, mais elle portait maintenant des traces de la même lumière dorée qui marquait nos poignets.

— Je te sens, haletai-je, ma main pressée sur mon cœur où ses émotions vivaient désormais aux côtés des miennes. À l'intérieur. Connor, je peux sentir...

— Je sais. Sa voix était éraillée, brute d'émotion. Je te sens aussi.

Le lien n'était pas juste un enchantement. C'était une intimité. Une connexion. Une présence tissée dans la mienne, sa joie devenant ma joie, son amour une chaleur constante sous mes côtes. Quand je levai les yeux vers lui, je sus qu'il ressentait la même chose venant de moi.

CONNOR

Le lien était tout.

Pas un concept abstrait ou une jolie tradition, c'était réel, viscéral, et si intense que j'avais à peine la force de respirer. Les émotions de Kayla déferlèrent à travers notre connexion : l'émerveillement, la joie et un filet de peur persistante qui se dissolvait déjà en certitude. Son amour enveloppa mon cœur comme une étreinte physique.

La marque sur mon poignet flamboyait d'or, identique à la sienne, des motifs complexes qui faisaient écho à l'aurore boréale, preuve permanente de ce que nous avions choisi. Non seulement visible en surface, mais incrustée dans mon être même. Je porterais cette marque, ce lien, pour le reste de ma vie.

L'éternité me parut soudain être la durée parfaite.

Oliver s'avança, l'approbation claire sur ses traits sévères. — Les marques sont apparues. Le lien s'est formé. Maintenant, prononcez vos vœux à l'ancienne mode, afin que la terre puisse témoigner et sceller ce que vous avez choisi.

Il sortit une lame de cérémonie, en argent et ancienne, gravée de runes qui brillaient doucement à la lumière de l'aurore. C'était l'ultime étape du rituel, la rupture symbolique des anciens chemins pour faire place au nouveau que nous allions construire ensemble.

Oliver tendit un cordon d'argent, le maintenant tendu entre ses mains. — Ce cordon représente les chemins séparés que vous avez empruntés avant cet instant. Pour achever le lien, vous devez rompre avec le passé et choisir l'avenir ensemble.

Je regardai Kayla, ma femme qui rayonnait de magie et de détermination. *Tu es prête ?*

Sa réponse me parvint à travers le lien avant même qu'elle ne parle : *Oui. Toujours oui.*

Ensemble, nous empoignâmes la garde de la lame, sa main sur

la mienne, nos marques de lien pressées l'une contre l'autre et s'intensifiant au contact. La connexion entre nous s'amplifia jusqu'à ce que je puisse sentir son rythme cardiaque aussi claire- ment que le mien, jusqu'à ce que je ne puisse plus dire où ma magie s'arrêtait et où la sienne commençait.

— Exprimez votre intention, ordonna Oliver.

— Je brise le chemin que j'ai parcouru seul, dis-je, ma voix portant à travers les Terres Sacrées avec une force que je ne me connaissais pas. Je choisis le chemin que nous bâtirons ensemble.

— Je brise le chemin que j'ai parcouru seule, fit écho Kayla, sa voix tout aussi forte. Je choisis le chemin que nous bâtirons ensemble.

Nous abattîmes la lame comme un seul être.

Le cordon se rompit dans un bruit de glace qui se brise, et la magie explosa dans le cercle. Non pas violente, mais écrasante. Une vague de puissance qui fit haleter la foule et la fit reculer, qui projeta les flammes au sommet des douze poteaux à six mètres dans les airs, qui fit flamboyer l'aurore boréale avec tant d'éclat qu'il faisait jour dans les Terres Sacrées.

Les marques du lien sur nos poignets pulsèrent une, deux, puis trois fois, chaque pulsation envoyant une autre vague de magie à travers nous deux. Puis elles se stabilisèrent, leur lueur s'estompant jusqu'à ce que les marques soient visibles mais plus lumineuses. Permanentes. Réelles. Nôtres.

Je tirai Kayla contre moi, l'écrasant contre ma poitrine, sentant le lien vibrer entre nous comme une chose vivante. Elle pleurait et riait en même temps, s'accrochant à moi comme si j'étais son ancre après un tel déferlement de puissance.

— On l'a fait, murmura-t-elle contre mon cou. Connor, on l'a vraiment fait.

— Tu en as douté ? Je me reculai juste assez pour voir son

visage, pour regarder la lumière de l'aurore peindre ses traits d'or et de vert.

— Peut-être un peu. Elle sourit à travers ses larmes, radieuse, magnifique et mienne. Plus maintenant.

Oliver leva les mains, et la foule se tut une dernière fois. — Par le pouvoir du pôle Nord, sous le témoignage de la terre et de l'aurore, scellé par la magie ancienne et le choix présent, je déclare Connor Prancer et Kayla Matthews liés. Sa voix résonna de finalité et de triomphe. Ce que la magie a uni, nulle force mortelle ne peut le séparer.

La foule explosa.

Des acclamations et des hurlements emplirent les Terres Sacrées. Des farfadets se lancèrent dans des ballets aériens, laissant des traînées de lumière colorée. Les métamorphes rennes frappèrent le sol de leurs sabots en signe d'approbation, le son ressemblant à un coup de tonnerre. Même la plupart des anciens sceptiques hochaient la tête, reconnaissant ce dont ils avaient été témoins, un lien si fort que la terre elle-même avait répondu avec une puissance sans précédent.

L'aurore boréale continua sa danse brillante, célébrant avec nous.

Magnus fut le premier à nous atteindre, nous entraînant tous les deux dans une étreinte écrasante. — C'était incroyable, dit-il, la voix chargée d'émotion. Ton père serait si fier, Connor. Tellement fier.

— Les marques du lien, souffla Nix en prenant doucement le poignet de Kayla pour examiner les motifs complexes. Je ne les ai jamais vues aussi détaillées. La magie a vraiment donné son approbation.

Crystal se jeta sur Kayla, et toutes deux fondirent en larmes de joie. Rowan et Ivy offrirent d'élégantes félicitations, leurs propres marques de lien visibles à leurs poignets, preuve qu'ils comprenaient exactement ce que nous venions de vivre. Elian et Fiona rayonnaient. Sally me frappa l'épaule et fit une blague qui lui valut un regard noir d'Oliver, bien que je surpris le léger sourire que le vieux renne essaya de cacher.

Pendant tout ce temps, je gardai une main sur Kayla, maintenant le contact physique, m'émerveillant du lien qui nous unissait désormais bien au-delà du toucher.

Des tables apparurent à travers les Terres Sacrées, conjurées par la magie ou préparées à l'avance, je n'en étais pas sûr. La nourriture se matérialisa, les boissons coulèrent à flots et la musique emplit l'air alors qu'un ensemble de farfadets se mettait à jouer. Le rituel solennel se transforma en une célébration joyeuse, et nous fûmes emportés par le mouvement.

Le Père Noël s'approcha avec deux petites boîtes. — Un cadeau de mariage, dit-il chaleureusement. Ou plutôt, deux.

Il ouvrit la première boîte pour révéler deux clés identiques à celle qu'il nous avait donnée plus tôt. — Une pour chacun de vous. Vous construirez l'académie ensemble, la dirigerez ensemble. Celles-ci garantissent que vous aurez tous les deux une autorité égale.

La seconde boîte contenait deux délicats diadèmes, des bandeaux d'argent gravés de runes et sertis de petits cristaux qui captaient la lumière de l'aurore. Ils étaient magnifiques mais discrets, clairement cérémoniels mais pas ostentatoires.

— Ceux-ci vous désignent comme des chefs reconnus au sein de la communauté magique, expliqua le Père Noël. Portez-les lorsque vous représenterez l'académie, lorsque vous rencontrerez le Conseil. Ils portent l'aval complet du pôle Nord.

Kayla toucha l'un des diadèmes avec précaution, et je sentis son admiration à travers le lien. — Merci, murmura-t-elle.

— Vous les avez mérités. Les yeux du Père Noël pétillèrent.

Tous les deux. Maintenant, allez, célébrez. Demain, le vrai travail commencera, mais ce soir est à la joie.

Alors que la fête battait son plein autour de nous, que nos amis dansaient, que des feux d'artifice magiques explosaient au-dessus de nos têtes et que l'aurore boréale peignait tout de couleurs changeantes, Kayla et moi nous retrouvâmes au bord du cercle, à observer.

— Je te sens, dit-elle doucement, l'émerveillement dans la voix. Tout le temps. Tes émotions, ta présence. Ce n'est pas intrusif, c'est comme si tu faisais maintenant partie de mes fondations.

— Pareil, admis-je en la serrant plus près. C'est étrange, parfait et exactement ce qu'il faut.

Elle posa sa tête sur mon épaule. — Nous sommes en train de construire quelque chose qui nous survivra, Connor. Quelque chose qui change tout.

— Un pont à la fois, murmurai-je en déposant un baiser sur sa tempe.

Un mouvement à la lisière de la forêt attira mon attention : deux silhouettes qui observaient depuis l'ombre. Un elfe et un farfadet, leurs expressions indéchiffrables. Quand ils remarquèrent que je les regardais, ils se fondirent dans les arbres.

Un murmure de malaise traversa le lien, et je sus que Kayla les avait vus aussi.

— Tout le monde ne fait pas la fête, dit-elle tout bas.

— Non. Je resserrai mon bras autour de sa taille. Mais nous le savions. Le Père Noël nous avait prévenus.

— Nous leur prouverons qu'ils ont tort, dit Kayla avec une détermination tranquille. Tout comme nous l'avons fait ce soir.

— Tout comme nous l'avons fait ce soir, approuvai-je.

L'aurore boréale flamboyait au-dessus de nous, et je choisis de lui faire confiance plutôt qu'aux ombres. Nous avions prouvé que notre lien était réel, qu'un humain et un métamorphe pouvaient être unis par quelque chose de plus fort que la tradition ou le sang. Nous avions montré à la communauté magique que l'amour pouvait transcender les catégories, que des ponts pouvaient être construits pour franchir n'importe quel fossé.

Mais le prouver une fois n'était pas la même chose que de changer des siècles de croyances.

Ce travail commençait demain.

Ce soir était à la fête. À tenir ma femme près de moi et à sentir notre lien vibrer entre nous comme une promesse écrite dans la lumière des étoiles. À danser sous l'aurore boréale avec notre meute et nos amis autour de nous. À la joie.

— Tu danses avec moi ? demanda Kayla en me tirant vers l'endroit où d'autres se balançaient au son de la musique.

Je pris sa main et nous nous mîmes à bouger ensemble sous l'aurore flamboyante, nos marques de lien brillant doucement dans l'obscurité, notre éternité officiellement commencée.

CHAPITRE SEPT
LE RETOUR À LA RÉALITÉ

KAYLA

Le matin se leva trop tôt, trop éclatant.

Je me suis réveillée dans les bras de Connor, dans les appartements que le père Noël nous avait préparés. La lumière du soleil, la vraie, une rareté au pôle Nord, filtrait par la fenêtre. Le lien vibrait agréablement entre nous, une présence chaude et constante qui m'indiquait que Connor dormait encore, ses rêves paisibles et heureux.

Mon poignet a capté la lumière, et je l'ai tourné lentement, regardant la marque du lien scintiller sous ma peau. Des motifs dorés qui rappelaient les aurores boréales, permanents et magnifiques. La preuve que la nuit dernière n'avait pas été un rêve.

Nous étions liés. Mariés dans les deux mondes. Et aujourd'hui, la réalité allait rattraper la fête.

Connor a remué à côté de moi, son bras se resserrant autour de ma taille. « Bonjour », a-t-il marmonné contre mes cheveux. À travers le lien, je sentais son contentement, son amour, et en dessous, une pointe de nervosité quant à ce qui allait suivre.

— Bonjour. Je me suis tournée dans ses bras pour lui faire face. — Prêt à construire une école ?

Il a ri doucement. — Demande-moi ça après le café.

Mais il n'y aurait pas de matinée tranquille. On a frappé à la porte à huit heures précises, et la voix du père Noël a traversé le bois. — Kayla, Connor. Quand vous serez prêts, j'ai quelque chose à vous montrer.

Vingt minutes plus tard, nous nous tenions dans le bureau du père Noël, aux côtés de Magnus et de l'Aînée Frost. Les diadèmes de la cérémonie de la veille reposaient sur le bureau du père Noël, brillant à la lumière du matin, un rappel de l'autorité et de la responsabilité que nous avions acceptées.

— Le site de l'académie, a dit le père Noël sans préambule en étalant une grande carte sur son bureau. J'ai pensé que vous devriez voir le terrain ce matin. Avant que le romantisme de la cérémonie du lien ne s'estompe et que la réalité ne s'installe.

Je me suis penchée en avant pour étudier la carte. Le site était indiqué à la lisière est du territoire du pôle Nord, un terrain actuellement vide, bordé par une forêt d'un côté et la toundra de l'autre.

La main de Connor a trouvé la mienne, nos marques du lien chaudes là où elles se touchaient. — Combien de temps avons-nous ?

— La construction commence la semaine prochaine, a déclaré l'Aînée Frost d'un ton sec. Le Conseil a approuvé le budget et engagé des entrepreneurs. Mais le calendrier est serré, nous visons une ouverture pour les étudiants à l'automne prochain. Cela vous donne environ onze mois pour construire le campus, développer le programme, recruter le personnel et établir tous les protocoles opérationnels.

Onze mois. Pour construire une école entière à partir de rien.

À travers le lien, j'ai senti la vague de panique de Connor faire écho à la mienne.

— La bonne nouvelle, a ajouté Magnus, en essayant clairement d'être encourageant, c'est que vous ne serez pas seuls. Le Conseil va nommer des conseillers. Certains professeurs de l'UPN ont accepté de servir de consultants. Et vous vous aurez l'un l'autre.

— Les défis, a continué l'Aînée Frost d'un ton pragmatique, sont importants. Vous devrez équilibrer les programmes humains et magiques. Déterminer quels cours sont obligatoires et lesquels sont optionnels. Décider de l'organisation des logements : séparez-vous les étudiants humains et les créatures, ou les intégrez-vous dès le premier jour ? Établir des protocoles de sécurité. Recruter des professeurs capables d'enseigner à des classes mixtes. Et vous devrez faire tout cela en naviguant entre la politique du Conseil et la résistance de la communauté.

— De la résistance ? ai-je demandé, même si je connaissais déjà la réponse. J'avais vu ces aînés nous observer la nuit dernière, leurs expressions sceptiques.

— Tout le monde ne soutient pas cette académie, nous a gentiment rappelé le père Noël. Certains pensent que l'éducation magique devrait rester purement magique. D'autres craignent que l'intégration d'enfants humains ne dilue nos traditions ou ne compromette la sécurité. Vous avez prouvé votre lien hier soir, prouvé qu'un humain et un métamorphe peuvent s'unir. Mais cela ne signifie pas que tout le monde croit qu'une institution entière devrait être construite sur ce principe.

La mâchoire de Connor s'est crispée. — Alors nous leur prouverons qu'ils ont tort, encore une fois.

— Vous essaierez, a corrigé l'Aînée Frost. Mais comprenez bien, cette académie est une expérience. Si elle échoue, cela retardera les efforts d'intégration de plusieurs décennies. Le Conseil observe. La communauté observe. Et certains d'entre eux espèrent que vous échouerez pour pouvoir dire : « Vous voyez ? On vous avait bien dit que ça ne marcherait pas. »

Le poids de ces mots s'est abattu sur moi comme une chape de plomb. Il ne s'agissait pas seulement de construire une école. Il s'agissait de construire une école qui devait réussir, qui ne pouvait pas se permettre d'échouer, qui portait sur ses épaules les espoirs et les craintes de tout un mouvement.

— Quand est-ce qu'on voit le site ? a demandé Connor.

Le père Noël a souri. — Tout de suite, si vous êtes prêts.

Le portail nous a déposés sur une plaine enneigée qui s'étendait à l'infini dans toutes les directions.

Vide. Complètement, totalement vide.

— C'est ça ? ai-je demandé, en faisant un tour lent sur moi-même. Il n'y avait rien ici, pas de bâtiments, pas de repères, juste de la neige vierge et la lisière lointaine de la forêt.

— C'est ça, a confirmé le père Noël. Il a fait un geste ample. — Seize hectares. Assez pour les bâtiments de cours, les dortoirs, les bureaux administratifs, les installations de loisirs, et de la place pour s'agrandir.

J'ai essayé de me le représenter. J'ai essayé de voir des bâtiments là où il n'y avait que de la neige, des étudiants là où il n'y avait que le silence, un campus florissant là où il n'y avait que du potentiel.

— C'est parfait, a dit Connor doucement.

Je l'ai regardé. — C'est vide.

— Exactement. Il m'a serré la main, et à travers le lien, j'ai senti son enthousiasme grandir. — Ce n'est pas alourdi par des siècles de tradition ou d'attentes. On peut le construire exactement comme on veut. En faire ce dont les étudiants ont besoin, pas ce que ça a toujours été.

Magnus a hoché la tête en signe d'approbation. — C'est la bonne perspective.

Mais alors que je me tenais là, dans cette immense étendue vide, la réalité m'a submergée par vagues. Nous devions construire ça. Pas seulement l'imaginer ou le planifier, mais le construire réellement. Onze mois pour créer quelque chose à partir de rien, pour établir une institution qui changerait des vies, pour prouver que notre vision n'était pas seulement un idéalisme romantique mais une réalité concrète.

— Par où est-ce qu'on commence ? ai-je murmuré.

Le père Noël a sorti un épais dossier de l'intérieur de son manteau. — Par ça. Les plans architecturaux initiaux, les répartitions budgétaires, les plannings des entrepreneurs, les cadres du programme. Ce n'est pas exhaustif, vous devrez prendre des milliers de décisions. Mais c'est une base.

Connor a pris le dossier, l'air déterminé. J'ai senti sa résolution à travers le lien, sa volonté de se plonger dans l'impossible et de trouver des solutions au fur et à mesure.

Mais j'ai aussi senti mon propre doute s'insinuer. Et si on n'y arrivait pas ? Et si nous avions accepté quelque chose de trop grand, de trop complexe, de trop important pour être confié à deux jeunes de vingt-trois ans à peine sortis de l'université ?

— Tu es en train de psychoter, m'a murmuré Connor, en m'attirant contre lui. Je le sens.

— On n'a jamais fait ça avant, ai-je dit doucement. Construire une école. Diriger une institution. On sait à peine ce qu'on fait.

— C'est vrai. Il a déposé un baiser sur ma tempe. — Mais on

n'avait jamais fait beaucoup de choses avant de les faire. Tu n'avais jamais survécu aux épreuves des Gardiens du Serment jusqu'à ce que tu le fasses. Je n'avais jamais battu de records de vol jusqu'à ce que je le fasse. On n'avait jamais lié un humain et un métamorphe jusqu'à hier soir. Il m'a tournée vers lui. — On trouvera une solution ensemble. Une chose impossible à la fois.

Le père Noël s'est raclé la gorge. — Si je peux me permettre, le Conseil vous a choisis précisément parce que vous ne savez pas ce que vous faites.

J'ai cligné des yeux, le-regardant. — C'est censé être encourageant ?

— Ça l'est. Ses yeux ont pétillé. — Des éducateurs expérimentés construiraient ce qu'ils connaissent. Ils reproduiraient les structures existantes, se rabattraient sur les méthodes traditionnelles. Vous deux, vous construirez quelque chose de nouveau parce que vous ne connaissez rien d'autre. Vous ferez des erreurs, certainement. Mais vous innoverez aussi d'une manière que les gens ancrés dans les anciens systèmes ne pourraient jamais le faire.

L'Aînée Frost a esquissé un sourire, un spectacle rare. — Vous êtes des bâtisseurs de ponts. Vous l'avez prouvé à l'UPN. Maintenant, vous devez juste construire un pont plus grand.

Magnus désigna le terrain vide. — Imaginez. Où voulez-vous le bâtiment principal ?

Connor et moi nous sommes regardés, puis nous avons regardé la toile vierge devant nous. Lentement, il a pointé du doigt une légère élévation du terrain. — Là. Où les étudiants pourront voir clairement les aurores boréales. Où le bâtiment semblera faire partie du paysage au lieu d'être imposé dessus.

— Les dortoirs de chaque côté, ai-je ajouté, saisissant sa vision. Assez proches pour la communauté, mais assez séparés pour le calme. Et peut-être... J'ai tourné la tête vers la lisière de la forêt. — Un bosquet pour les cours en extérieur. La théorie magique a besoin d'application pratique.

— La bibliothèque au centre, a continué Connor, son enthousiasme grandissant. Pour faire de la connaissance le cœur de tout.

Le père Noël hochait la tête. Magnus souriait. Même l'Aînée Frost avait l'air satisfaite.

— Vous voyez ? a dit le père Noël. Vous êtes déjà en train de la construire.

Mais à mesure que la matinée avançait et que le père Noël nous exposait les réalités pratiques — des budgets plus serrés que je ne l'avais espéré, des délais plus courts qu'il ne semblait possible, et des défis de recrutement sans solution facile —, mon doute est revenu à la charge.

— On va échouer, ai-je dit doucement alors que nous nous tenions seuls au centre du site vide, le père Noël et les autres s'étant éloignés pour discuter de la logistique de la construction.

Connor s'est tourné vers moi. — Peut-être.

Je l'ai dévisagé. — Ce n'est pas le discours de motivation que j'espérais.

— Mais si on échoue, a-t-il continué, on échouera ensemble. En construisant quelque chose en quoi on croyait. En essayant de rendre le monde meilleur. Il m'a pris le visage entre ses mains. — Et Kayla ? Je ne pense pas qu'on va échouer. Je pense qu'on va construire quelque chose d'extraordinaire. Parce que c'est ce qu'on a toujours fait.

À travers le lien, j'ai senti sa certitude absolue. Sa foi inébranlable non seulement en la vision, mais en nous. En notre partenariat. En notre capacité à trouver des solutions à l'impossible.

— Un pont à la fois, ai-je dit, et il a hoché la tête.

J'ai pris une profonde inspiration, regardant le terrain vide avec un œil neuf. Pas vide, plein de potentiel. Pas écrasant, une opportunité.

— D'accord, ai-je dit. Allons construire une école.

Connor m'a attirée contre lui, et debout au milieu de seize hectares de rien, entourée par l'énormité de ce que nous avions accepté de faire, j'ai senti le lien entre nous, stable et fort.

CHAPITRE HUIT
L'AVENIR PREND FORME

CONNOR

Les paquets ont commencé à arriver au cours des jours suivants.

J'ai trouvé le premier devant nos quartiers temporaires : une enveloppe épaisse envoyée par Magnus, portant le sceau du Conseil. À l'intérieur : des recommandations pour le personnel, des propositions de programmes d'études, et un mot de son écriture précise : *Il vous faudra des professeurs qui croient en cette mission. Voici ceux en qui j'ai confiance. J'en ai aussi signalé un qui pourrait poser problème ; à vous de voir.*

— Qu'est-ce que c'est ? a demandé Kayla, apparaissant dans l'embrasure de la porte avec deux tasses de café.

— Magnus a envoyé des recommandations de professeurs. — J'ai étalé les documents sur notre petite table de cuisine. — Il n'a pas chômé.

Kayla a posé le café et a pris la première page, parcourant les noms. Son doigt s'est arrêté sur une entrée marquée d'un astérisque rouge. — Soren Coldbrook. « Qualifié, mais a exprimé des

inquiétudes quant à la préservation de l'éducation magique traditionnelle. » Pourquoi Magnus recommanderait-il quelqu'un qui a
l'air d'un puriste ?

— Il a ajouté une note. — J'ai pointé la marge. — *Mieux vaut
savoir qui pourrait causer des problèmes que d'être pris au dépourvu
plus tard. C'est votre académie, votre choix.*

À travers notre lien, j'ai senti l'incertitude de Kayla faire écho à
la mienne. — Est-ce qu'on engage quelqu'un qui pourrait nous
mettre des bâtons dans les roues ?

— Est-ce qu'on exclut quelqu'un sans même lui donner sa
chance ? ai-je rétorqué. Peut-être que d'enseigner dans des classes
mixtes le fera changer d'avis.

— Ou peut-être qu'il montera les élèves contre tout le
concept. — Kayla a soupiré en reposant la page. — C'est plus
difficile que je ne le pensais. Chaque décision a des consé-
quences.

Des coups à la porte nous ont interrompus. Kayla a ouvert et a
découvert un sprite livreur flottant dans les airs avec un rouleau
de plans presque aussi grand que lui.

— De la part de Rowan Blackthorn et Ivy Snowfall, a annoncé
le sprite d'une voix qui ressemblait à un tintement de clochettes.
Ils m'ont dit de vous dire : « Beauté et fonctionnalité, sans
compromis. »

Le sprite a déposé les plans et a filé avant que nous ayons pu
répondre.

Kayla et moi avons déroulé les plans d'architecture sur le sol,
en calant les coins avec des livres et des tasses à café. Les conceptions étaient époustouflantes, des bâtiments aux lignes courbes
qui se fondaient dans le paysage, des salles de classe circulaires
pour la collaboration, des espaces hexagonaux pour l'étude
concentrée. Rien à voir avec les rectangles rigides de l'architecture
traditionnelle du pôle Nord.

— C'est magnifique, a soufflé Kayla en traçant du doigt l'une des lignes fluides.

— C'est cher, ai-je dit en remarquant la liste des matériaux. Verre enchanté qui réagissait aux signatures magiques. Contrôles de température adaptatifs pour le confort des différentes créatures. Murs flexibles qui pouvaient s'agrandir ou se contracter en fonction de la taille de la classe.

— C'est exactement ce dont nous avons besoin. — Kayla a levé les yeux vers moi, la détermination brillant dans ses yeux verts. — Ce bâtiment dit aux élèves qu'ils ont leur place ici. Que l'académie a été conçue pour eux, et non malgré eux.

Une note a voltigé d'entre les plans, écrite de la calligraphie fluide d'Ivy :

Nous donnerons un cours par semestre si vous nous acceptez. Architecture Magique et Conception d'Intégration. Le bâtiment lui-même sera le manuel. De plus, Rowan a fait les calculs. C'est réalisable dans vos délais si les entrepreneurs commencent la semaine prochaine. C'est cher, mais ça en vaut la peine.

Faites-nous confiance. Ayez foi en la vision.

- Ivy & Rowan

— On va dépasser le budget avant même d'avoir commencé, ai-je dit, bien que je m'imaginais déjà des élèves apprendre dans ces espaces.

— Alors, on trouvera un budget supplémentaire. — Kayla a enroulé les plans avec soin. — Magnus et Nix peuvent nous aider à naviguer les financements du Conseil. C'est trop important pour faire des compromis.

Ma tablette a sonné, signalant un message entrant. J'ai jeté un œil à l'écran et j'ai senti une chaleur se répandre dans ma poitrine.

— Elian et Fiona, ai-je dit en lisant à voix haute. Ils proposent de donner des conférences en tant qu'invités. Une semaine par semestre sur les efforts d'intégration mondiaux. Ils veulent montrer aux élèves que ce que nous construisons n'est pas seulement théorique, que c'est déjà en train de se produire dans le monde entier.

Kayla s'est approchée pour lire par-dessus mon épaule. — Des sprites des forêts finlandaises travaillant avec des géants du gel norvégiens. Des selkies écossais s'associant à des biologistes marins humains. — Elle a souri. — Des applications concrètes. C'est parfait.

— Ils ne peuvent pas s'engager à plein temps, ai-je continué à lire. Mais ils veulent contribuer. Montrer aux élèves la vue d'ensemble.

— Tout le monde veut aider, a dit Kayla doucement. Magnus qui envoie des recommandations. Rowan et Ivy qui redessinent tout le campus. Elian et Fiona qui offrent leur expertise. — Sa voix s'est légèrement brisée. — On ne fait pas ça tout seuls.

Je l'ai attirée contre moi, sentant le lien vrombir entre nous. — On ne l'a jamais été. C'est tout l'intérêt, non ? Construire quelque chose qui a besoin de nous tous.

Le reste de la matinée a apporté d'autres messages. Nix a envoyé une proposition de programme détaillée qui mêlait l'histoire de la magie des sprites aux enseignements traditionnels des rennes et des elfes. Trois professeurs de l'UPN ont accepté de donner des cours à temps partiel. Sally Dancer, encore toute fière de son nouveau poste de meneuse, s'est portée volontaire pour entraîner l'équipe de vol de l'académie une fois que les élèves seraient prêts.

À l'après-midi, nos petits quartiers ressemblaient à un quartier général de campagne. Des papiers couvraient chaque surface, des plans étaient punaisés aux murs, des listes de décisions se multipliaient plus vite que nous ne pouvions les traiter.

— Il nous faut un système, a dit Kayla, examinant le chaos. Une façon de tout suivre.

— Il nous faut un bureau, ai-je corrigé. Et du personnel. Et environ six heures de plus dans chaque journée.

Elle a ri, un son légèrement hystérique. — Est-ce qu'il est trop tard pour faire marche arrière ?

— Absolument. — Je l'ai embrassée sur la tempe. — On s'est engagés, maintenant. Et puis, regarde tout ce soutien. On décevrait tout le monde.

— Aucune pression.

— Une pression immense. — J'ai souri. — Mais on a géré pire.

KAYLA

Le soir nous a amené des visiteurs inattendus.

J'ai répondu aux coups à la porte pour trouver deux membres âgés du Conseil debout dans le couloir, Theo Evergreen, un elfe dont les cheveux argentés semblaient scintiller de leur propre lumière, et Eira Starweaver, une sprite dont la présence chargeait l'air d'électricité.

— Pouvons-nous entrer ? a demandé Theo, ses yeux anciens bienveillants mais sérieux.

Connor est apparu à mon épaule. — Bien sûr. Je vous en prie.

Ils sont entrés, et j'ai rapidement libéré de la place sur le canapé, écartant les plans d'architecture. Theo et Eira se sont installés avec la grâce d'êtres qui avaient vécu pendant des siècles, leurs mouvements économes et précis.

— Nous ne vous retiendrons pas longtemps, a commencé Theo. Mais nous pensions que vous devriez savoir que le Conseil n'est pas unanime dans son soutien à cette académie.

Mon estomac s'est noué. — Nous savons qu'il y a du scepticisme.

— Pas du scepticisme. — La voix d'Eira était aussi tranchante que le vent d'hiver. — De l'opposition. Une opposition organisée et stratégique de la part de membres qui croient que les anciennes traditions doivent rester anciennes.

La main de Connor a trouvé la mienne, nos marques de lien se réchauffant là où elles se touchaient. — Que veulent-ils ?

— Que vous échouiez, a dit Theo sans détour. Ou plus précisément, que vous leur donniez une excuse qu'ils pourront utiliser pour fermer l'académie. Peu d'inscriptions. Des incidents de sécurité. Des échecs académiques. Tout ce qu'ils pourront présenter comme la preuve que l'intégration ne fonctionne pas au niveau institutionnel.

À travers le lien, j'ai senti la colère de Connor monter pour égaler la mienne. Nous savions que ce ne serait pas facile, mais l'entendre énoncé si clairement rendait la menace immédiate.

— Pourquoi nous dites-vous cela ? ai-je demandé.

Theo et Eira ont échangé un regard. Puis Eira s'est penchée en avant, son expression intense. — Parce que nous ne voulons pas que vous échouiez. Nous croyons que cette académie est nécessaire. Mais vous devez comprendre ce à quoi vous faites face.

— Construisez quelque chose de si solide qu'ils ne pourront pas le démolir, a poursuivi Theo. Soyez si prudents qu'ils ne trouveront aucune critique légitime. Réussissez si complètement que même vos opposants devront reconnaître que ça fonctionne.

— Aucune pression, ai-je marmonné, faisant écho à mon commentaire plus tôt à Connor.

— Une pression immense, a convenu Eira, bien que ses lèvres se soient légèrement retroussées. Mais vous n'êtes pas seuls. Il y a des membres du Conseil qui vous soutiennent. Qui défendront votre travail lorsque les critiques attaqueront. Il vous suffit de nous donner quelque chose qui vaille la peine d'être défendu.

Ils se sont levés pour partir, mais Theo s'est arrêté à la porte. — Encore une chose. La résistance à laquelle vous ferez face n'est pas personnelle. C'est de la peur. La peur que le changement n'efface les traditions qu'ils ont passées leur vie à protéger. Montrez-leur que l'évolution ne signifie pas l'effacement. Qu'honorer le passé et construire l'avenir ne sont pas mutuellement exclusifs.

Après leur départ, Connor et moi sommes restés assis en silence, à digérer l'information.

— Eh bien, a finalement dit Connor. C'était terrifiant.

— Et clarifiant. — J'ai regardé la paperasse qui nous entourait, le soutien de nos amis, les plans, les propositions et les offres d'aide. — Nous avons des alliés. De vrais alliés. Magnus, Nix, Rowan, Ivy, Elian, Fiona. Theo et Eira. Même Sally, à sa manière.

— Et nous avons des opposants, a ajouté Connor.

— Alors, nous serons meilleurs. — Je me suis levée, l'entraînant avec moi. — Nous serons si bons à ça, si prudents, si méticuleux et si brillants, que même les puristes ne pourront pas nier que ça marche.

Connor a passé ses bras autour de moi, et je me suis appuyée contre sa présence solide. À travers le lien, j'ai senti sa peur et sa détermination, son amour et sa résolution. Nous étions là-dedans ensemble, à construire quelque chose de plus grand que nous deux, quelque chose qui nous survivrait.

— Demain, nous commencerons à prendre de vraies décisions, ai-je dit. Examiner les candidats de Magnus. Choisir entre les conceptions ambitieuses de Rowan et des options plus pratiques. Déterminer les budgets, les calendriers et toute la logistique impossible.

Connor m'a embrassée, un baiser lent et doux, qui avait le

goût du café, de la détermination et de l'avenir que nous étions en train de choisir. Quand nous nous sommes enfin séparés, la pape-rasse ne semblait plus aussi écrasante.

Nous avions du soutien. Nous avions de l'opposition. Nous avions onze mois pour construire quelque chose d'extraordinaire.

CHAPITRE NEUF

DES PONTS POUR LA PROCHAINE GÉNÉRATION

CONNOR

Le site vide de l'académie paraissait différent ce matin.

C'était peut-être la lumière matinale qui peignait la neige de nuances de rose et d'or. Peut-être était-ce le fait de savoir que demain, les entrepreneurs commenceraient les travaux et que le vide commencerait à se remplir de quelque chose de concret. Ou peut-être était-ce simplement parce que Kayla se tenait à mes côtés, nos marques de lien chaudes là où nos mains s'unissaient, et que tout paraissait différent à travers ce prisme.

— Un arbre, a-t-elle dit en sortant un jeune arbrisseau de la mallette de transport enchantée que le Père Noël avait fournie. Un premier acte symbolique avant que le chaos ne commence.

L'arbre mesurait à peine un mètre de haut, un pin du Nord dont les aiguilles scintillaient faiblement de magie de préservation. Selon le gardien de la serre qui l'avait fait pousser, l'arbre s'épanouirait dans le rude climat arctique et grandirait pendant des siècles s'il était correctement planté.

— Où ? ai-je demandé.

Kayla a traversé lentement le site, le bruit de ses bottes crissant dans la neige. Elle s'est arrêtée au point central, là où les plans d'Ivy montraient une cour entre le bâtiment principal et les dortoirs. — Ici. Là où les étudiants passeront chaque jour. Là où ils le verront grandir en même temps qu'eux.

J'ai commencé à déblayer la neige, creusant jusqu'à la terre gelée. Le sol était dur, résistant, mais je me suis acharné, utilisant une combinaison d'effort physique et d'une magie de réchauffement délicate pour ramollir la terre. Kayla s'est agenouillée à côté de moi, ses mains se joignant aux miennes dans l'effort.

— Mon père a planté un arbre à ma naissance, a-t-elle dit doucement. Dans notre jardin à Londres. Il disait que les arbres sont des professeurs patients, qu'ils vous montrent que la croissance prend du temps, que des fondations solides sont importantes, que les tempêtes passent mais que les racines restent.

— Un homme sage, ton père. J'ai finalement percé la couche gelée pour atteindre une terre plus sombre et plus riche en dessous.

Ensemble, nous avons positionné l'arbrisseau avec soin, tassant la terre autour de ses racines. Kayla a murmuré quelque chose, une bénédiction en mandarin que sa grand-mère lui avait apprise, tandis que j'ajoutais un filet de magie de l'hiver pour aider l'arbre à s'acclimater.

Quand nous avons eu fini, nous nous sommes assis sur nos talons, contemplant le petit arbre qui se dressait seul dans l'immense vide.

— Il a l'air fragile, a dit Kayla.

— Il a l'air déterminé, ai-je répliqué. Comme s'il savait que sa place était ici.

Elle s'est appuyée contre moi, et à travers le lien, j'ai senti ses émotions, l'espoir et la peur entremêlés, l'amour pour ce que nous construisions mêlé à la terreur d'échouer. Mais sous tout cela, une résolution. Stable et inébranlable.

— Dans douze ans, ai-je dit, cet arbre sera plus grand que nous. Et des étudiants s'assiéront sous ses branches pour réviser, se plaindre des examens, tomber amoureux, planifier leur avenir.

— Tes futurs étudiants, a ajouté Kayla. Notre héritage.

— Non. Je l'ai tournée vers moi pour qu'elle me fasse face. Leur héritage. Nous ne faisons que construire les fondations. C'est eux qui construiront tout le reste.

KAYLA

Les mots de Connor se sont installés dans ma poitrine comme une promesse.

Nous ne construisions pas cette académie pour nous, pas vraiment. Nous la construisions pour l'enfant de onze ans qui arriverait à l'automne prochain, ne sachant pas si sa place était ici. Pour le lutin qui n'avait jamais eu d'amis humains auparavant. Pour le métamorphe renne, apprenant à voir les humains comme des égaux. Pour chaque étudiant qui franchirait des portes que nous n'avions même pas encore construites.

—Je suis terrifiée, ai-je avoué en fixant l'arbre solitaire dans le champ vide. Et si on n'y arrivait pas ? Et si les puristes avaient raison et que l'intégration ne fonctionnait pas à grande échelle ? Et si...

— Hé. Connor m'a pris le visage en coupe, ses pouces essuyant des larmes que je n'avais pas senti couler. On a survécu à quatre ans à l'UPN alors qu'on nous disait qu'on ne pouvait pas se lier. On a prouvé à tout le monde qu'ils avaient tort. On le fera encore.

—C'était juste nous. Ça, c'est...

— Plus grand, a-t-il concédé. Plus effrayant. Plus important. Il a pressé son front contre le mien. Et on ne le fait pas seuls. On a Magnus et Nix. Rowan et Ivy. Elian et Fiona. Le Père Noël. Les membres du Conseil qui y croient. Notre meute.

À travers le lien, j'ai senti sa certitude submerger ma peur, non pas pour l'effacer, mais pour la tempérer, la rendre gérable.

— Et si nos enfants venaient ici un jour ? ai-je demandé à voix basse. Et si on était en train de construire l'école où nos propres enfants apprendront ?

Les yeux de Connor se sont légèrement écarquillés. Nous n'avions pas encore beaucoup parlé d'enfants, trop concentrés sur les mariages, les académies et la survie au présent pour penser sérieusement à cet avenir. Mais j'ai senti sa joie jaillir à travers le lien à cette pensée.

— Alors on a intérêt à bien la construire, a-t-il dit doucement. Parce que je veux qu'ils voient ce qui est possible quand on refuse d'accepter les limites que les autres essaient d'imposer.

Un vent froid a balayé le site vide, faisant frissonner les branches du petit arbre. Mais il a tenu bon, ses racines prenant déjà dans le sol gelé.

— On devrait y aller, ai-je dit en regardant ma montre. Magnus nous retrouve dans une heure pour passer en revue les derniers contrats avec les entrepreneurs.

Connor s'est relevé, m'entraînant avec lui. Mais il a fait une pause, jetant un dernier regard à l'arbre. — Tu sais ce qu'on devrait faire ? Quand les étudiants arriveront l'automne prochain, on devrait leur parler de cet arbre. Du fait que c'est la première chose que nous avons plantée. De la façon dont il représente la mission de l'académie.

— La croissance prend du temps, ai-je dit, reprenant les mots de mon père. Les fondations solides sont importantes. Les tempêtes passent mais les racines restent.

— Exactement. Connor m'a serré la main, nos marques de lien pulsant de chaleur. Allez, Madame la Directrice. On a une académie à construire.

CONNOR

Les onze prochains mois s'étendaient devant nous comme une montagne impossible à gravir.

Mais, debout là avec Kayla, à regarder le petit arbre que nous avions planté ensemble dans le champ vide, je ne me sentais pas dépassé. Je me sentais prêt.

Nous allions commencer par une décision. Puis une autre. Une salle de classe, une règle, un professeur, un étudiant à la fois. Nous ferions des erreurs, c'était certain. Nous ferions face à de l'opposition, sans aucun doute. Nous douterions de nous, probablement tous les jours.

Mais nous le ferions ensemble.

L'aurore boréale a commencé à s'éveiller au-dessus de nous de bonne heure ce matin, des rubans verts et dorés dansant dans le ciel matinal. Nos marques de lien ont capté la lumière, brillant faiblement en réponse.

— La terre approuve, a dit Kayla, de l'émerveillement dans la voix.

— La terre approuve depuis le jour où j'ai fait ma demande, lui ai-je rappelé. Elle sait de quoi nous sommes capables avant même que nous le sachions nous-mêmes.

Elle s'est tournée complètement vers moi, et j'ai vu dans son expression tout ce que j'aimais, son courage et son doute, son intelligence et son incertitude, son refus absolu d'abandonner même quand elle était terrifiée.

— Promets-moi quelque chose, a-t-elle dit.

— N'importe quoi.

— Promets-moi que lorsque ça deviendra difficile, lorsque le Conseil s'opposera, lorsque la construction prendra du retard, lorsque rien ne fonctionnera comme prévu, promets-moi que nous nous souviendrons de ce moment. De cet arbre. De ce sentiment que tout est possible.

Je l'ai serrée contre moi, enroulant mes bras autour d'elle alors que l'aurore boréale brillait plus intensément au-dessus de nos têtes. — Je te le promets. Et Kayla ? Quand nous douterons de nous, quand nous nous demanderons si nous sommes à la hauteur, nous nous souviendrons que nous avons construit des ponts qui n'étaient pas censés exister. Nous nous sommes liés alors qu'ils disaient que c'était impossible. Nous nous appartenons l'un à l'autre et à cette mission.

— Certains ponts prennent toute une vie à construire, a-t-elle murmuré contre ma poitrine.

— Heureusement qu'on ne fait que commencer, ai-je dit.

L'arbre se tenait derrière nous, petit mais déterminé, faisant déjà partie du paysage. Demain, la construction commencerait. Des murs s'élèveraient. Des pièces prendraient forme. Une académie émergerait de rien, une pierre à la fois.

Mais aujourd'hui était fait pour ça, pour se tenir dans le champ vide avec ma femme, pour planter quelque chose qui nous survivrait, pour choisir l'espoir plutôt que la peur.

L'aurore boréale dansait au-dessus de nous, le sol gelé tenait les racines de notre arbre, et l'avenir attendait d'être construit.

J'ai regardé le site une dernière fois, vide pour l'instant, mais plus pour longtemps. Bientôt, il serait rempli de voix et de magie, d'étudiants apprenant à construire leurs propres ponts, de la prochaine génération découvrant ce qui était possible lorsque la différence devenait une fondation au lieu d'un obstacle.

ÉPILOGUE : DOUZE ANS PLUS TARD

Le pin du Nord était maintenant plus grand que Connor.

Il se tenait sous ses branches dans la cour de l'académie, observant le soir tomber sur le campus, avec ses bâtiments incurvés qui suivaient les courbes naturelles du paysage, et les étudiants qui se déplaçaient entre les cours, leurs rires résonnant à travers les espaces que Kayla et lui avaient créés à partir de rien. Douze ans. Parfois, il avait l'impression que c'était hier qu'ils avaient planté cet arbre dans un champ vide. D'autres fois, cela semblait remonter à une éternité.

— Papa ! a crié Cole à travers la cour. Maman a dit que le dîner est dans dix minutes et que si tu es encore en retard, elle donnera ton dessert à Holly !

Connor a souri à son fils de neuf ans, qui était actuellement coincé en pleine transformation, ses bois à moitié formés, une jambe encore humaine tandis que l'autre était couverte de fourrure.

C'était trop tôt pour qu'il se transforme. La plupart des métamorphes avaient leur première transformation à la puberté. Mais la plupart des métamorphes n'étaient pas à moitié humains. C'était l'une des raisons pour lesquelles ils avaient créé l'Académie et vivaient au pôle Nord. Holly n'avait eu sa première transformation que quelques mois auparavant.

— Besoin d'aide ?

— Je gère, a insisté Cole, le visage plissé par la concentration. Un instant plus tard, il a achevé sa transformation en renne complet, puis est immédiatement revenu à sa forme humaine, trébuchant légèrement. Tu vois ? Je maîtrise totalement.

— Très fluide, a dit Connor avec diplomatie, en ébouriffant les cheveux de son fils alors qu'ils se dirigeaient vers la résidence du Directeur, un bâtiment modeste à la lisière du campus qui leur servait à la fois de maison et de bureau.

À l'intérieur, Kayla mettait la table pendant que Holly, leur fille de onze ans, se plaignait de son prochain examen d'entrée pour le programme secondaire de l'académie. Elle entrerait en classe de Cinquième à l'automne, la première de leurs enfants à fréquenter l'école que ses parents avaient construite.

— Tout le monde va s'attendre à ce que je sois parfaite parce que tu es le Directeur, a dit Holly, ses cheveux sombres, si semblables à ceux de Kayla, tombant sur son visage alors qu'elle pliait agressivement des serviettes. C'est beaucoup de pression.

— Personne n'attend la perfection de toi, a dit Kayla doucement. Ils s'attendent à ce que tu fasses de ton mieux.

— Ce qui revient pratiquement au même.

Connor a croisé le regard de Kayla de l'autre côté de la table et a senti son amusement à travers leur lien. Leur fille avait hérité de la détermination de sa mère et de l'entêtement de son père, une combinaison qui allait soit changer le monde, soit donner des cheveux blancs à ses professeurs avant l'heure.

Après le dîner, une fois Cole et Holly installés avec leurs devoirs, Connor a frappé à la porte de Holly.

— Entre, a-t-elle lancé, levant les yeux de l'endroit où elle était assise en tailleur sur son lit, entourée de manuels.

Connor s'est installé à côté d'elle. — Tu veux en parler ? De la vraie raison, pas de l'excuse « tout le monde attend la perfection de moi ».

Holly est restée silencieuse un moment, puis a dit :

— Et si je ne trouve pas ma place ? Je ne suis pas une métamorphe à part entière comme les enfants rennes, et je ne suis pas entièrement humaine comme les étudiants humains. Je suis juste... entre les deux.

Le cœur de Connor s'est serré. Il savait que cette conversation arriverait, l'ayant lui-même vécue de différentes manières. — Ce n'est pas mal d'être entre les deux, Holly. C'est là que le travail le plus important se fait.

— C'est facile à dire quand vous avez bâti toute une école autour de ce concept, a marmonné Holly.

— Ce n'était pas facile, a dit Connor à voix basse. Ta mère et moi étions terrifiés. On pensait qu'on échouerait, qu'on ne serait pas à la hauteur, qu'être entre les deux nous rendait plus faibles au lieu de nous rendre plus forts. Il lui a pris la main. Mais être entre les deux signifiait qu'on pouvait voir clairement les deux mondes. On pouvait construire des ponts parce qu'on avait un pied dans chaque monde.

— Et si je n'arrive pas à construire de ponts ? Et si je passe à travers les mailles du filet ?

— Alors on te rattrapera. Kayla est apparue dans l'embrasure de la porte, traversant la pièce pour s'asseoir de l'autre côté de Holly. C'est ce que fait une famille. C'est ce que fait cette académie. Nous rattrapons ceux qui tombent et les aidons à trouver leur équilibre.

Holly s'est appuyée contre sa mère. — Tu avais peur ? Quand tu as commencé à l'Université du Pôle Nord ?

— Terrifiée, a admis Kayla. Chaque jour. J'étais la seule humaine dans la plupart de mes cours. Je ne savais pas si j'avais ma place, si j'étais assez forte, si quelqu'un m'accepterait. Elle a repoussé les cheveux de Holly de son visage. Mais j'ai appris qu'appartenir à un groupe, ce n'est pas correspondre parfaitement à une catégorie. C'est se montrer tel qu'on est et avoir confiance que c'est suffisant.

— Et ça l'a été, a ajouté Connor. Ta mère est devenue la première Gardienne du Serment humaine. Elle a prouvé que la magie n'est pas une question de sang, mais de volonté et de cœur.

Holly est restée silencieuse, en train d'assimiler. Puis : — Tu penses vraiment que je peux le faire ? Commencer à l'académie sans vous faire honte ?

— Je pense que tu seras exactement la personne que tu dois être, a dit Connor. Et si quelqu'un a un problème avec ça, il aura affaire à moi.

— Et à moi, a ajouté Kayla férocement.

Holly a souri, un sourire petit mais sincère. — D'accord. Je vais essayer.

Plus tard, après que les deux enfants se soient endormis, Connor et Kayla se tenaient sur leur petit balcon, regardant l'aurore boréale danser au-dessus d'eux. À trente-cinq ans, ils s'étaient épanouis dans leurs rôles, Connor en tant que Directeur, Kayla en tant que Directrice des Relations entre Humains et Créatures, d'une manière qu'ils n'auraient jamais pu imaginer le matin où ils avaient planté un arbre dans un champ vide.

— Elle a peur, a dit Kayla à voix basse, se blottissant dans les bras de Connor.

— Elle est courageuse, a corrigé Connor. Avoir peur et le faire quand même, c'est ça, la définition du courage.

À travers leur lien, fort de douze ans et toujours aussi présent que le jour où il s'est formé, il a senti l'assentiment de Kayla mêlé à sa propre inquiétude persistante.

— On a bien fait, n'est-ce pas ? a-t-elle demandé. De construire l'académie. D'élever nos enfants ici. De leur demander d'être des pionniers, tout comme nous l'avons été.

Connor l'a tournée pour lui faire face. — On a construit quelque chose qui compte. Un endroit où des enfants comme Holly et Cole n'ont pas à choisir entre deux mondes, parce que les deux mondes existent dans le même espace. Où être entre les deux n'est pas une faiblesse, c'est une identité qui mérite d'être célébrée.

— Mais c'est dur pour eux.

— Ça a été dur pour nous aussi, lui a rappelé Connor. Et on a survécu. On s'est épanouis. On a construit tout ça. Il a fait un geste vers le campus qui s'étendait devant eux, les lumières brillant aux fenêtres, le son des rires d'étudiants porté par le vent, l'arbre qu'ils avaient planté, maintenant grand et fort dans la cour.

Kayla a posé sa tête sur son épaule. — Est-ce que tu te demandes parfois ce qui se serait passé si on avait dit non ? Si on avait pris des emplois différents, vécu ailleurs, laissé quelqu'un d'autre construire ce rêve ?

— Jamais, a dit Connor fermement. Ça a toujours été destiné à être à nous. On a toujours été destinés à le construire ensemble.

L'aurore boréale a flamboyé plus vivement au-dessus d'eux, des rubans verts et dorés tissant des motifs qui semblaient presque délibérés, comme si la terre elle-même confirmait ses paroles.

— Il y a douze ans, on a planté un arbre et on a promis de construire quelque chose qui vaudrait la peine qu'on en hérite, a murmuré Kayla. Je crois qu'on a tenu cette promesse.

— On continue de la tenir, a dit Connor. Chaque jour. Chaque étudiant qui franchit ces portes. Chaque enfant qui apprend qu'il n'a pas à choisir entre des parties de lui-même. Chaque pont qu'on les aide à construire.

À l'intérieur, leurs enfants dormaient, Holly avec ses livres encore étalés sur son lit, Cole serrant fort son renne en peluche. Mi-humains, mi-métamorphes, entièrement eux-mêmes. La preuve vivante que l'académie fonctionnait, que l'intégration n'était pas seulement possible mais naturelle, que l'avenir pouvait être plus doux que le passé.

Le pin du Nord se balançait dans le vent nocturne, ses branches projetant des ombres sur la cour où, demain, les étudiants se rassembleraient, apprendraient et grandiraient.

— Prêt pour une autre année ? a demandé Kayla.

Connor l'a serrée plus fort contre lui. — Prêt pour toute une vie.

Ils sont restés ensemble dans un silence confortable, observant leur académie respirer de vie, le rêve impossible devenu réalité.

Les marques de leur lien sur leurs poignets ont capté la lumière de l'aurore, brillant faiblement. Estompées par douze années mais toujours visibles, toujours la preuve de ce qu'ils avaient choisi.

Demain, Holly affronterait ses peurs. Cole s'entraînerait à ses transformations. Connor et Kayla retourneraient à leurs bureaux et s'attaqueraient aux mille petites décisions qui assurent le bon fonctionnement d'une académie.

Mais ce soir était pour ceci, pour être debout ensemble sous les aurores boréales, pour sentir le lien vibrer entre eux, pour savoir que quoi qu'il arrive ensuite, ils y feraient face comme ils avaient fait face à tout le reste.

Fin

N'hésitez pas à laisser un commentaire sur <u>Goodreads</u>, ou le site de votre libraire préféré. Les commentaires m'aident à atteindre de nouveaux lecteurs.

Ceci conclut la série ***Université du Pôle Nord***. Découvrez l'aventure de Holly à l'***Académie du Pôle Nord*** dans ***Inadaptés du gui***

Avez-vous lu ***Le gardien du Serment*** ?
Cette histoire GRATUITE de l'Université du Pôle Nord se déroule entre Métamorphes de Noël et Gel de Noël

À PROPOS DE L'AUTEURE

Des histoires positives et inspirantes.

Marie-Hélène vit à Sherbrooke, au Québec. Enseignante à la retraite, elle consacre désormais ses journées à l'écriture et à la promotion de ses oeuvres. Elle aime lire, voyager et aller à la plage. Chaque année, elle part un mois en solo vers une nouvelle partie du monde.

www.mhlebeault.com

Suivez-la sur les réseaux sociaux !

facebook.com/mhlebeaultauthor

x.com/mhlebeault

instagram.com/mhlebeault

amazon.com/author/mhlebeault

bookbub.com/authors/marie-helene-lebeault

goodreads.com/mhlebeault

linkedin.com/in/mhlebeault

tiktok.com/@mhlebeaultauthor

AUTRES LIVRES DE L'AUTEURE

La série Evers - Littérature jeunesse fantastique

La clé des ancêtres

L'académie

La marcheuse du temps

Le voyageur des mondes

Magie de sang - Littérature jeunesse fantastique

Mage de sang

Magie de sang

Héritage de sang

Il était une malédiction - Romance fantastique

Une malédiction de neige et de cendres

Une malédiction d'épines et de torpeur

Une malédiction de verre et d'ombres

Une malédiction d'argent et de blessures

Université du Pôle Nord - Romance paranormale

Métamorphes de Noël

Le gardien du serment (GRATIS)

Givre de Noël

Solstice de Noël

Malédiction de Noël

Étincelle de Noël

Félicité Conjugale

Inadaptés du gui

Hors série

Les douze vies de Clare - Réalisme magique

Utopie - Science fiction

Chroniques des cadets interstellaires - Science fiction

Défenseurs du Royaume

Le combat de la flamme sacrée (Gratuit)

Fée grand-mère - Albums jeunesse pour les 3 à 7 ans

Mimi visite l'Antarctique

Mimi visite le Pôle Nord

Mimi visite la Chine

Mimi visite l'Afrique